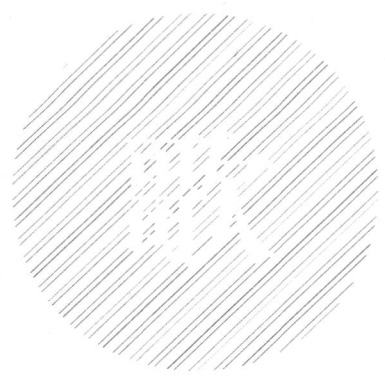

60年中国青春诗歌经典 I 编选体例

杨 克

本书收录了中华人民共和国建国60周年（1949年—2009年）不同时期的泛青春题材的诗歌，大多为诗人35周岁前所创作，所以说，这是一本真正意义的"青春中国"诗选。其中，郭小川《向困难进军》和杨牧《我是青年》以及叶文福《祖国，我要燃烧》的创作年龄为36岁，雷抒雁《那只雁是我》和张学梦《祖国，我理解》创作时作者也超过了35岁，因为这几首青春气息浓郁的诗彰显了当时青年的风貌，故作为特例收入。

入选诗歌大致以写作的先后而不是以作者年龄排序（因很难准确查到作者某一首诗的具体写作年份，会略有偏差），每10年一辑。语言是存在的家，而"青春"，是贯穿始终的关键词。读这部诗选，如同翻阅诗的青春编年史，或激昂，或青涩，或敏感，或懵懂，或迷惘，或火红，或叛逆，或抗争，或坚持，或奋起……一样的青春，不同的感受！无论你今天是豆蔻年华？是而立？不惑？是步入花甲？抑或风烛残年？从中你既可以读到同代人的澎湃豪情，找到你当年的影子，也可以发现他世代的亮丽缤纷，青春的另类风采。甚至还可以查询你出生的年代，人们所发表的青春宣言。

如果说人生的岁月是石头，青春就是璞玉；如果说中年以后生命布满沧桑，青年就是热血。青春看起来比谁都容易受伤，其实非常坚强。60年弹指一挥间，时间拂去的只是身后扬起的灰尘，拂不掉历史深处的脚印。

需要作出说明的是，1960年代入选的诗作特少，主要原因后半段是文革，发表的诗歌几近绝迹。而前半段，活跃的诗人大多在1950年代已登上诗坛，且这时他们的年龄超过了35岁，只能集中选编他们前一个十年的作品。1990年代诗歌创作非常活跃，但70后出生的诗人和所谓"中间代"诗人多为2000年后方大量发表作品，这个阶段主要仍是"第三代"及其之前的一批诗人在创作，同样是年龄段或题材的原因，他们的诗大多收进1980年代小辑里。

南开大学博士生刘波承担了1949年—1978年的诗作初选，首都师大博士生陈亮承担了1978年至今的诗作初选，他们查阅了数百本名家诗集和各种报刊、选本，保证了入选的客观公正性。其中1949年—1980年间的作品，只能用相机把发黄的孤本诗集中的作品拍摄下来。工作琐碎繁杂，广东商学院人文学院崔艺文同学承担了有关编务。在此一并感谢。

60年，还有许多诗人写出了优秀诗篇，但或是因为不在此年龄段或非此题材，故只好割爱。也因为跨越年代较长，编者视野所限，难免有遗珠之憾，请作者与读者见谅。

与青春同行！

第一辑 1950年代

113

第二辑 1960年代

4

第四辑 1980年代

■■5

116

1

第一辑

1950年代

（1949.10—1959.12）

所有的日子，所有的日子都来吧，让我们编织你们，

用青春的金线和幸福的璎珞，编织你们。

有那小船上的歌笑，月下校园的欢舞，

细雨蒙蒙里踏青，初雪的早晨行军，

还有热烈的争论，跃动的，温暖的心。

——王蒙《青春万岁》序诗

胡 昭

军帽底下的眼睛

胡昭，1933年生于吉林舒兰，满族。1953年毕业于中央文学研究所。历任中共榆树县委宣传部干事，吉林日报社副刊组编辑，吉林省作家协会副主席等职。著有诗集《光荣的星云》《小白桦树》《草原夜景》《生命行旅》等。

透过炮火，透过烟雾，
那军帽底下
闪动着一对眼睛，
他们在四下搜寻。
从一个伤员爬向一个伤员，
她望着同志们坚毅的眼睛，
轻声地说："不要紧……"
每个指尖都充满疼爱，
她包扎得又快又轻。

我想起妹妹的眼睛
那么天真而明净，
我想起妈妈的眼睛
那么温暖那么深……
深深地望了她一眼，
我回身又扑向敌人。

无论黑夜或白天
不管我守卫，我冲锋……
我眼前常闪动起那对眼睛，
这时，我就把枪握得更紧，
我就更准地射击敌人。

我要保卫那对眼睛——
妹妹的眼睛，妈妈的眼睛，
我亲爱的祖国的眼睛！

未 央

枪给我吧!

松一松手,
同志,
松一松手,
把枪给我吧! ……

红旗插上山顶啦,
阵地已经是我们的。
想起你和敌人搏斗的情景,
哪一个不说:
老张,你是英雄!

看你的四周,
侵略者的军队
被你最后一颗手榴弹
炸成了肉酱。

你的牙咬得这么紧,
你的眼睛还在睁着,
莫非为了你的母亲放心不下?
我要写信告诉她老人家,

未央,1930年出生,原名章开明,湖南临澧人。1949年8月参军,在宣传队从事文艺工作。1950年赴朝作战,主要是写战地通讯。1952年回国学习,创作《枪给我吧!》等短诗,引起广泛影响。著有诗集《祖国,我回来了》等。

请答应我作她的儿子。

莫非怕你的田园荒芜？
你知道，　.
家乡的人们
会使你田园的秧苗长得更茁壮。

不是，不是！
我知道你有宏大的志愿。
你的枪握得多紧，
强盗们还没被撵走，
你誓不甘心……

松一松手，
同志，
是同志在接你的枪！
枪给我吧，
让我冲向前去，
完成你未尽的使命！

王 蒙

《青春万岁》序诗

所有的日子，所有的日子都来吧，
让我编织你们，用青春的金线，
和幸福的璎珞，编织你们。

有那小船上的歌笑，月下校园的欢舞，
细雨蒙蒙里踏青，初雪的早晨行军，
还有热烈的争论，跃动的、温暖的心……

是转眼过去了的日子，也是充满遐想的日子，
纷纷的心愿迷离，像春天的雨，
我们有时间，有力量，有燃烧的信念，
我们渴望生活，渴望在天上飞。

是单纯的日子，也是多变的日子，
浩大的世界，样样叫我们好惊奇，
从来都兴高采烈，从来不淡漠，
眼泪，欢笑，深思，全是第一次。

所有的日子都去吧，都去吧，
在生活中我快乐地向前，
多沉重的担子我不会发软，
多严峻的战斗我不会丢脸；
有一天，擦完了枪，擦完了机器，擦完了汗，
我想念你们，招呼你们，
并且怀着骄傲，注视你们。

王蒙，河北南皮人，1934年生于北京。1953年创作长篇小说《青春万岁》，1956年发表短篇小说《组织部新来的青年人》，由此被错划为「右派」。1978年调北京市作协工作。后任《人民文学》主编、中国作协副主席、中共中央委员、文化部长、国际笔会中心中国分会副会长等职。

邵燕祥

在大伙房水库工地上

今天山鹰在头上飞，
明天水鸟也要来飞翔。
这儿原是个荒凉的山谷，
如今吵闹得成了蜂房；
黄昏过后不是黑夜，
一片片灯光亮过星光。

四面八方的人们四向八方来，
又像还乡，又像上战场。
官厅的小伙子披着风沙，
嗓门宏亮，笑声爽朗；
又一队姑娘来自佛子岭，
裤脚上沾着淮河的泥浆……
陌生人到这儿变成好朋友，
新兵到这儿变成老将。

风天雪夜滴水成冰，
他们的汗水滴在冻土上——
他们的热情用到哪儿，
冰雪也融化，岩石都冒火光。
三月里山头蒙着白雪，
太阳下雪山闪着蓝光，
他们推下岩石把河冰崩破，
削平了半座山，河水哗哗响。

邵燕祥，1933年生于北京，祖籍浙江萧山。北平中法大学肄业，后在华北大学结业。1978年至1993年在《诗刊》工作，先后担任编辑部主任、副主编。著有诗集《到远方去》《在远方》《迟开的花》《邵燕祥抒情长诗集》。

你再看那个年轻的司机
顺着新铺的公路奔忙，
这放羊的孩子稳健又灵活，
来往在当年放羊的地方；
还有那个女推土机手，
娃娃脸衬托着严肃的目光，
你看她彷佛手拿熨斗，
熨平那一堆堆顽强的土壤。

你听！不是叫你听他们的情歌；
听千军万马，听壮阔的波浪——
南山呼唤着，北山回答，
一声声爆破震天动地响；
人在发号令，人在指挥，
钢铁进攻，岩石难抵挡！
我们的人民！
我们的理想！
我们千千万万双手啊，
要把大伙房水库
写在最新的地图上！

闻 捷

告诉我

告诉我，我的姑娘！
当春风吹到吐鲁番的时候，
你可曾轻轻呼唤我的名字？
我守卫在蒲犁边卡上。

我常常怀念诞生我的村庄，
那里有我幼时种植的参天杨；
在淡绿的葡萄花丛中，
你和百灵鸟一同纵情歌唱。

此刻，我正在漫天风雪里，
监视着每一棵树、每一座山冈；
只要我一想起故乡和你，
心里就增添了一股力量。

当我有一天回到你身旁，
立即向你伸出两条臂膀，
你所失去的一切一切，
在那一霎间都会得到补偿。

告诉你，我的姑娘！
我过去怎样现在还是怎样，
我永远地忠实于你，
像永远忠实于祖国一样。

闻捷（1923～1971），原名赵文节，江苏丹徒人。1938年初到武汉参加抗日救亡演剧活动。1940年到延安，写作反映陕甘宁边区军民斗争生活的作品。1952年任新华社新疆分社社长。后专门从事诗歌创作。著有诗集《祖国，光辉的十月》《河西走廊行》等。

白 桦

小白房

当你乘车驰向我们的边疆，
公路就像宝塔上的藤子一样。
一圈一圈地往上爬着，
爬过一座山，又有一座岗。

看不尽那些永远青春的大森林，
听不完森林里飞鸟的合唱；
像是一些白鹤栖在路旁溪水边，
那就是我们道班工人的小白房。

在一座绿荫遮盖的小白房里，
住着我们整整十个大姑娘；
要问我们多大年纪，说真的，
我们都到了不能平静的时光。

要问我们的容貌，说实话，
小伙子们看见都要心慌；
也许因为我们长的美，谁知道
也许因为我们的胳膊太粗壮。

可怕的雨季到了，在夜晚，
小白房的窗子闪着灯亮；
小伙子可别想冒着雷雨去讨便宜，

白桦（1930～），原名陈佑华，河南潢川县人。1947年参加中原野战军，任宣传员。1955年加入中国作家协会。著有诗集《金沙江的怀念》《热芭人的歌》《白桦的诗》《我在爱和被爱时的歌》《白桦十四行抒情诗》，长诗《鹰群》《孔雀》等。

房子里没有人，只有灯光。

别怪我们不接待深夜的来宾，
也别以为我们和你捉迷藏；
你爱坐就坐一夜吧！
锅里还有野鸡的翅膀。

主人在哪里呢？告诉你，
我们正提着红灯和铲子站在公路上；
老树正在挣扎着不愿随风飞去，
雪亮的电光吓坏了虎豹豺狼。

一刹那间遍山都是瀑布，
千斤的岩石就像飞鸟一样；
真像是谁在把天空当鼓打，
霹雷不停地在头顶上轰响。

小伙子们看见都要心慌；
也许因为我们长得美，谁知道
也许因为我们的胳膊太粗壮。

捉弄人的山洪啊！
把一座小山搬到公路上，

别以为我们的铲子太小，
别以为拿铲子的是姑娘！

我们一定会在黎明前熄灭红灯，
让车队平安无阻地奔向前方；
让旅客们不觉得这里曾经有一座山，
祝旅客们一路平安！

许多快活的旅客过去了，
向森林抛下歌声和笑谈；
只有驾驶员看出新削的山顶和新铺的泥沙，
但他们也来不及留下一句感激的话。

是的，我们移动过许多山峰，
但这也不值得在人前露脸，
只要人们记得那些小白房就行了，
小白房保证着旅途宽阔又平坦！

我们为什么这样热爱公路呢？
难道只是因为有优厚的工钱？
不！我们不仅得到自由的生活，
还得到了爱和力量的源泉。

回忆不仅会带来悲伤，
也会带来力量；
春夜里我们常常紧紧地抱在一起，
一边流泪，一边讲……

我们是野菜拌眼泪养大的，
清清的泉水教会我们梳妆；
山茶花告诉我们什么是美丽，
我们的知心人只有水底的月亮。

我们生长在十座彝人的茅屋里，
命运把我们赶到一条驿道上。
棕皮带子勒在额头，
背上驮着一个竹篓筐；

光光的脚踏着尖尖的石子，
驮着重货还要轻松地唱；
勒紫了的额头还要插红花，
苦在肚子里还要笑在脸上。

使人恶心的老板骑着偏头骡，
歪歪扭扭的腰里插着美国枪；
商人赶腻了无言无语的骡马，
驿道上才出现一群驮货姑娘。

他们把我们称为"高脚骡子"，
一律按照骡马的草料价钱算帐；
商人赶骡马到晚来还要剁草拌料，
我们反得给老板煮饭熬汤；

给老板点着大烟灯，
他像猪一样发着鼾声；
自己的腰酸还要给别人捶背，

唉！为什么我们是山野里的女人！
驿道啊！无尽头的驿道！
灰尘掩盖了我们的青春；
我们不如磨房里的老驴，
因为山间的路比磨道更无止境！！

许多少女都有一个愿望，
希望能有一份像样的嫁妆；
悄悄地带些钱到婆家，
给头生儿女缝一件小衣裳。

许多姐妹在驿道上奔走了多少年，
忍饥挨饿也没有凑起一份嫁妆；
从漫长的驿道上得到的只是额上的皱纹，
从老板那里得到的只是少女难言的忧伤！

那些生活是真的吗？
是真的！虽然今天我们都不能想象；
就像宽阔的公路掩盖了狭窄的驿道，
今天的欢乐埋葬了往日的悲伤。

我们又得到了青春，
也置办好了嫁妆，
我们已经听到了爱情的预报，
每夜都有弹四弦琴的小伙子依在窗旁。

姐妹们都很沉着，
没有一个去和琴声伴唱；

让他们弹吧！让他们弹吧！
让他们从黄昏弹到天亮……

四弦琴发出小河流水的声音，
小白房寂静得就像没有人……
琴声像春日花的孔雀在追逐，
姐妹们的脸上升起了朝霞般的红晕……

我们的歌都到哪里去了？
驿道上的悲歌都忘得干干净净；
也许明天我们中间谁又编了新歌，
能配上窗外明媚的春夜和动人的琴音……

我们迎接过许多次大雷雨，
我们应该不怕热烈的爱情；
不！最好还是温柔一点，
因为爱情不是铲子，而是心！

李 季

银川青年歌
——写给银川平原上的万千个青年们

用不着等待那遥远的明天。
现在已经出现了这样的青年。
在贺兰山下的银川平原上，
他们正在把大地的面貌改变。

他们无所畏惧勇往直前，
战胜困难和幸福变成了一个字眼。
他们的热情赛过滔滔的黄河巨浪，
执拗的山河在他们手里变得像羔羊一般。

出了口的诺言一定会变成现实，
壮言豪语成了他们的日常语言。
只要是我们党中央发出号召，
他们会把红旗插在不论哪一个山峰上边。

沉湎于过去的回忆，这就是羞辱，
他们连做梦也在向往着明天。
以无数的创举推动着生活前进，
锁链般的戒律被他们打得稀烂。

李季（1922～1980），原名李振鹏，河南唐河人。1938年到陕北抗日军政大学学习。曾任《长江文艺》主编、中国作家协会兰州分会主席、《诗刊》主编、中国作家协会副主席等职。著有《玉门诗抄》《幸福的钥匙》等诗集。

人们说他们是天不怕地不怕的人，
他们把实现党的意志看做是最大的勇敢。
谁要是碰一碰他们母亲的一根白发，
他们甚至敢于把心举在手里和你作战。

永远忠实于自己的爱情和友谊，
他们会倾心地伏在自己心爱的姑娘胸前；
假若有一只猛兽咬伤了他们的朋友，
刀山火海也不能阻挡他们去把野兽追赶！

用不着等待那遥远的明天，
生活里已经涌现出了这样的青年。
他们高举着社会主义的旗帜，
他们的歌声震动了祖国的大地河山。

贺敬之

回延安

一

心口呀莫要这么厉害地跳，
灰尘呀莫把我眼睛挡住了……
手抓黄土我不放，
紧紧儿贴在心窝上。

……几回回梦里回延安，
双手搂定宝塔山。

千声万声呼唤你，
——母亲延安就在这里！
杜甫川唱来柳林铺笑，
红旗飘飘把手招。

白羊肚手巾红腰带，
亲人们迎过延河来。
满心话登时说不出来，
一头扑在亲人怀。

二

二十里铺送过柳林铺迎，

贺敬之（1924～），山东峄县人。15岁参加抗日救国运动。16岁到延安，入鲁迅艺术学院文学系学习。1949年后，历任中国作家协会和戏剧家协会理事、文化部副部长等职。建国后，写了《回延安》《放声歌唱》《三门峡歌》《西去列车的窗口》《中国的十月》等名篇。

分别十年又回家中。

树梢树枝树根根，
亲山亲水有亲人。

羊羔羔吃奶眼望着妈，
小米饭养活我长大。

东山的糜子西山的谷，
肩膀上的红旗手中的书。

手把手儿教会了我，
母亲打发我们过黄河。

革命的道路千万里，
天南海北想着你……

三

米酒油馍木炭火，
团团围定炕上坐。

满窑里围得不透风，

脑畔上还响着脚步声。

老爷爷进门气喘得紧：
"我梦见鸡毛信来——可真见亲人……"
亲人见亲人面，
欢喜的眼泪眶眶里转。

"保卫延安你们费了心，
白头发添了几根根。"

团支书又领进社主任，
当年的放羊娃如今长成人。

白生生的窗纸红窗花，
娃娃们争抢来把手拉。

一口口的米酒千万句话，
长江大河起浪花。

十年来革命大发展，
说不尽这三千六百天……

四

千万条腿来千万只眼，
也不够我走来也不够我看！
头顶着蓝天大明镜，
延安城照在我心中：

一条条街道宽又平，
一座座楼房披彩红；

一盏盏电灯亮又明，
一排排绿树迎春风……

对照过去我认不出了你，
母亲延安换新衣。

五

杨家岭的红旗啊高高地飘，
革命万里起高潮！

宝塔山下留脚印，
毛主席登上了天安门！

枣园的灯光照人心，
延河滚滚喊"前进"！
　赤卫军，青年团，红领巾，
走着咱英雄几辈辈人……

社会主义路上大踏步走，
光荣的延河还要在前头！

身长翅膀吧脚生云，
再回延安看母亲！

郭小川

向困难进军
——再致青年公民

骏马

在平地上如飞地奔走

有时却不敢越过

湍急的河流；

大雁

在春天爱唱豪迈的进行曲，

一到严厉的冬天

歌声里就满含着哀愁；

公民们！

你们

在祖国的热烘烘的胸脯上长大

会不会

在困难面前低下了头？

不会的，

我信任你们

甚至超过我自己，

不过

我要问一问

你们做好了准备没有？

我

比你们年长几岁

而且光荣地成了你们的朋友，

郭小川（1919～1976），原名郭恩大，河北丰宁县人。中学时代开始写诗，1937年到延安，参加革命。从1949年初始，历任《天津日报》编委、中国作家协会党组副书记、《诗刊》编委等职。著有《白雪的赞歌》《深深的山谷》《将军三部曲》以及抒情诗《望星空》等。

禁不住
要把你们的心
带回到那变乱的年头。
当我的少年时代
生活
决不像现在这样
自由而温暖，
我过早地同我们的祖国在一起
负担着巨大的忧患，
可是我仍然是稚气的，
人生的道路
在我看来是如此地一目了然，
仿佛
只要报晓的钟声一响，
神话般的奇迹
就像彩霞似地出现在天边，
一切
都会是不可思议的美满。……
呵，就在这个时候
严峻的考验来了！
抗日战争的炮火
在我寄居的城市中

卷起浓烟，

我带着泪痕

投入红色士兵的行列

走上前线。

……真正的生活开始了！

可惜

它开始得过于突然！

我呀

几乎是毫无准备地

遭遇到一场风险。

在一个雨夜的行军的路上，

我慌张地跑到

最初接待我的将军的面前，

诉说了

我的烦恼和不安：

打仗嘛

我还不能自如地往枪膛里装子弹，

动员人民嘛

我嘴上只有书本上的枯燥的语言。

我说：

"同志，

请允许我到后方再学几年！"

于是

将军的沉重的声音

在我的耳边震响了：

"问题很简单——

不勇敢的

在斗争中学会勇敢，

怕困难的

去顽强地熟悉困难。"

呵呵

这闪光的话

像雨点似地打在我的心间，

我怀着感激

回到我们的队伍中

继续向前……。

现在

十八年已经过去了，

时间

锻炼了我们

并且为我们的祖国带来荣耀，

不是我们

被困难所征服，

而是那些似乎很吓人的困难

一个个

在我们的面前跪倒。

黑暗永远地消亡了，

随太阳一起

滚滚而来的

是胜利和欢乐的高潮。

公民们

我羡慕你们，

你们的青年时代

就这样好！

你们再不要

赤手空拳

去夺敌人手中的三八枪了。
而是怎样
去建造
保卫祖国的远射程的海防炮；
你们再不要
趁着黑夜
去挖隐蔽身体的地洞了，
而是怎样
寻根追底地
到深山去探宝；
你们再不要
越过地堡群
偷袭敌人控制的城市了。
而是怎样
把从工厂中伸出的烟囱
筑得直上云霄；
你们再不要
打着小旗
到地主庭院去减租减息了。
而是怎样
把农业生产合作社
办得又多又好。……
是呵
连你们遭遇的困难
都使我感到骄傲，
可是我要说
它的威风
决不会比从前小。

社会主义的道路上
并非
平安无事，
就在阳光四射的早晨
也时常
有风雨来袭，
帝国主义者
对着我们
每天都要咬碎几颗吃人的牙齿，
生活的河流里，
随处都可能
埋伏着坚硬的礁石，
旧世界的苍蝇们
在每个阳光不曾照进的角落
生着蛆……。
新生的事物
每时每刻都遇到
没落者的抗拒……。
然而我要告诉你们
凭着我所体味的生活的真理：
困难
这是一种愚蠢而又懦怯的东西，
它
惯于对着惊恐的眼睛
卖弄它的威力，
而只要听见刚健的脚步声
就像老鼠似地
悄悄向后缩去，

它从来不能战胜
人们的英雄的意志。
那么，同志们！
让我们
以百倍的勇气和毅力
向困难进军！
不仅用言词
而且用行动
说明我们是真正的公民！
在我们的祖国中
困难减一分
幸福就要长几寸，
困难的背后
伟大的社会主义世界
正向我们飞奔

吕 剑

一个姑娘走在田边大道上

一个姑娘走在田边大道上，
她一面走着一面歌唱；
她肩上飘着一条花围巾。
她黑黑的脸上透出红光。

天空那么蓝，那么光亮，
没有边界的麦田像一片海洋；
哦，她不是在大道上行走，
她是在春天里轻轻飞翔。

她是谁家的一位姑娘？
是不是开拖拉机的那位姑娘？
当谷子一片金黄的时候，
你可听过她在收割机上歌唱？

看她在春天里轻轻飞翔，
听她的歌声那么柔和那么悠扬；
她是在歌唱美好的爱情和希望，
还是在歌唱他们新建的农庄？

她是谁家的一位姑娘？
谁看见她不把她永记在心上！
可是我想说的还不是这些，

吕剑（1919～），原名王聘之，山东莱芜人。先后任《人民文学》编辑部主任、《中国文学》（英文版）杂志社编辑等。1979年后又开始发表作品，主要为诗歌，兼及杂文、评论。

我想说的是这个崭新的景象——

年轻、自由而又健康，
浑身焕发着青春的光芒；
这不正是一种理想的化身？
你看她一面前进一面歌唱。……

牛 汉

我赞美北京的西郊

一

我赞美北京的西郊
赞美这里每一个
清新的早晨

这里的早晨
是大喊大嚷地来的
军营，首先
吹起悠扬的号声
新建的小学校
钟声清脆而欢乐地响着
附近的工地宿舍
广播器在高喊
而我们家的闹钟
也准时把我们唤醒

我们一家人
每天早晨，在门口分手
生活呵，是一个严峻的
全身武装的战士
亲切而严肃地指挥着我们
我的爱人往右边去

牛汉（1923～），原名史承汉，山西定襄人。1940年开始发表诗，1941年在成都发表诗剧《智慧的悲哀》，1942年发表的《鄂尔多斯草原》引起诗歌界的关注。著有诗集《经过了长期的悼念一棵枫树》《温泉》等。

我，往左边去
孩子背着书包
迎着小学校的钟声走去

人们在钟声里走着
人们在号声里走着
人们在歌声里走着……

早晨
西郊的人们
不论工人、学生和干部
不论祖父、祖母和母亲
都仿佛怀着一颗心一齐起身
小学的钟
为每一家人响着
军营的号
为每一个人吹着

早晨
人们仿佛都站在
万米赛跑的起点线上
人们仿佛登上了
向远洋开航的舰队

学生们去展开
新的课文
工人去迎向
新的更大的工地

战士去接受
紧张的训练
干部去起草
新的工作计划
园丁去栽种
美好的花木
主妇去购买
新上市的新稻米……

二

我赞美北京的西郊
赞美这里的新的风光
这里
新盖的楼房
像一大朵一大朵的蜂房
而工人们就像蜜蜂
成天在上面奔忙
他们给每一间房子里
都注满幸福的蜜汁

这里的人们
最爱着
新架起的拱桥
和从自己的家门口轰响而过的压路机
也最爱听
工地搅拌机的歌声
和打夯的喊声

这里的人们
总爱互相询问
东边盖的是百货公司吗
西边盖的是电影院吗
小河那边是养老院吗
那前面盖的是，又一座小学校吗

而这些
可巧离每一家人都不算远
好像工程师们
都很了解这里的每一家人

这里的市区
一天比一天更大
一天比一天更美
早晨还是一片荒地
黄昏就打好了地基

北京的西郊
工地的号码不断地在增大
从一号排到几百号
从几百号排到几千号
工程师的蓝图
一叠又一叠
每一张蓝图里
有婴儿的美梦
有主妇的欢乐
有爱人们蜜语的地方

有夜莺歌唱的丛林

有白鹅游泳的小河

也有锻炼智慧的图书馆……

这里虽然还没有来得及修一座公园

但整个市区已经很像一座最美丽的公园

这里比公园还要迷人

红色的、白色的楼房像盛开的大花朵

搅拌机比百灵鸟唱得还要好听

满载的汽车像奔流不息的河水

幸福像蝴蝶和蜜蜂在到处飞舞和歌唱

三

我赞美北京的西郊

赞美这里的每一个

灿烂的夜晚

夜晚

千百座高楼

窗口闪着玫瑰色的灯光

整个西郊

像布满了灿烂的宝石

又像一个最荣誉的战士

胸前满挂着勋章

假如

你从每一座楼下走过

可以听见婴儿在嬉笑
看见小学生伏在窗前书桌上
预习明天的功课
祖母在灯下织着绒线衣
每一家人的窗台
都放着盛开的盆花
有芬芳的茉莉
有朴素的吊兰

这里的夜晚
最美丽的还是工地
如果北京的西郊是一大朵鲜花
工地就是花蕊
深夜了，灯光仍在灿烂地闪耀着
工人们正在赶修
百货公司的地下冷藏库
正在连夜装饰着儿童医院的病房

在这里
每时每刻
什么都在成长
托儿所和小学校花园的果木在生长
每一家的婴儿在摇篮里生长
楼房正一层一层地生长
新开的路也在一里一里地生长……

四

我赞美祖国
赞美祖国美好的今天

祖国呵
过去，我们一代又一代
不，就是不久以前
我们每一册诗集
里面还浸满了
眼泪和鲜血……

而今天
在这里
我看见了
祖国新的最好的诗集的第一页
它，充满了新的歌
染透了新的彩色

十几年前
在西北高原的一个乡村
我伏在菜油灯下
读着马雅可夫斯基的长诗
——《好呵！》
那时候
我曾幻想过，希望过——
什么时候
我们也可以站在祖国的土地上

高声地说

"好呵！"

不是朗诵马雅可夫斯基的诗

而是朗诵我们自己的诗

祖国呵

今天我们可以

用马雅可夫斯基那样的欢乐和豪迈

来歌颂你——

祖国呵

你是人类最新的抒情诗

雁　翼

在云彩上面

我们的工地，在云彩中间，
我们的帐篷，就搭在云彩上面，
上工的时候，我们腾云而下，
下工的时候，我们驾云上天。

白天，我们和云雀一起歌唱，
画眉鸟也从云下飞上山巅；
夜里，我们和星斗一起谈笑，
逗引得月亮也投来笑颜。

当我们过节的时候，
在云上演剧，跳舞；
一当我们开庆祝会的时候，
摘下朵朵云霞，挂在英雄的胸前。

当我们饿了的时候，
砍下云上的松枝烧饭；
当我们口渴的时候，
就痛饮云上的清泉。

当炎热的季节到来，
云上的松树给我们撑伞，
当寒冷的冬季来临，

雁翼（1927～），原名颜洪林，河北馆陶人。1942年参加八路军，1949年开始写诗，曾任《星星》诗刊、《四川文学》主编。著有《在云彩上面》《黑山之歌》《南国的树》等诗集。

我们砍下云上的松枝，把篝火点燃。

篝火的青烟升入高空，
带着我们的欢笑飞过群山，
它告诉我们亲爱的祖国，
你的儿女战斗在云彩上面。

曾 卓

我期待，我寻求……

我总是有所期待，
我常常侧耳倾听。
我不知道我期待的是什么，
我不知道我寻求的是什么声音。

是不是渴望家庭的温暖？
是不是寻求浪费的青春？
是不是倾听友谊的呼唤？
是不是期待失去的爱情？

是的，是这一切——
这一切都是我所要的。
不，不止是这一切
我所要的是更崇高的东西。

我的身外是永远的春天，
河流解冻，田野闪射着彩色的光芒。
到处是欢乐的人们，和他们的
欢乐的歌声。

而我的心有时干涸得像沙漠，
没有一滴雨露来灌浇。
我将嘴唇咬得出血，挣扎着前进，

曾卓（1922～2002），原名曾庆冠，原籍湖北黄陂，生于武汉。历任《长江日报》副社长、武汉市文协副主席等职。出版的诗集有《门》《悬崖边的树》《白色花》（合集）、《老水生的歌》等。

为了不被孤独的风暴压倒。

我常常推开颓唐奋身而起，
如同推开梦魇奋身而起。
我必须像对敌人那样
对自己进行决死的斗争。

我的身体让急雨鞭打，
我的灵魂让烈日暴晒，
在烈火熊熊的熔炉中，
我将取得第二次生命——真正的生命。

我期待，我寻求……
不要遗弃我呵，
神圣的集体，伟大的事业，
我是你的期待呼唤的浪子，
我是你的寻求战旗的士兵。

韩 笑

叫我如何不爱她

日出泰山，月落三峡，
漓水恋奇峰，平湖醉彩霞……
啊，心房里珍藏着千年的画，
教我如何不爱她！

鱼闹东海，鸟唱西沙，
塞北萧萧马，岭南艳艳花……
啊，热血里激荡着唐宋的诗，
教我如何不爱她！

浪拍虎门，雨洗雁塔，
惊雷响戈壁，祥云照拉萨……
啊，满眼里闪耀着先烈的梦，
教我如何不爱她！

风舞红旗，泪洒天涯.
长城迎佳宾，熊猫传情话……
啊，遍体的伤疤抬起了头，
教我如何不爱她！

韩笑，1929年出生，吉林省吉林市人。1946年就读于东北大学。后历任吉林军区报社记者、广州军区政治部干事、文化部副部长等职。著有诗集《韩笑诗选》《韩笑抒情诗精选》《松江浪》《珠江美人》等。

李 瑛

出 港

云霞扯起无数面旗号，
海上铺满翎羽和珠串，
黎明为迎接我们舰队出港，
把水天筑成一片辉煌的官殿。

一座座岛屿像披戴武装的巨人，
树林的叶簇像他们闪光的箭；
看他们列队在光辉的海面，
一排排，一队队，好不威严！

从没有这样隆重的仪典，
如此惊心动魄、壮丽非凡；
阳光从海面射进云里，
天地间绷起无数道金色的弦。

这时，我们的舰队向大海进发，
山鹰欢送，海鸟相迎，
云在掣动，浪在飞卷，
我们的红旗回答他们，
以水兵的豪壮的语言。

李瑛（1926～），河北丰润人，生于辽宁锦州。1943年开始练习写作，1945年考入北京大学中文系，1955年到解放军文艺出版社做编辑，历任副总编、总编、社长、总政文化部部长等职。著有长诗《一月的哀思》及诗集《我骄傲，我是一棵树》等。

圣 野

神奇的窗子

白天
我画了一扇
很大的
大窗子

大窗子一开呀
歌声进来了
阳光进来了
凉风进来了
花和树木的香气
也都进来了……

晚上
我凭着这扇
神奇的窗子
和遥远的
还不知道名字的
明亮的星星

对话
于是
我做了一个
关于大窗子的

圣野（1922～），原名周大鹿，浙江东阳人。1945年就读于浙江大学。建国后曾在部队做文教宣传工作，后长期从事编辑工作。出版有《欢迎小雨点》《和太阳比一比》《神奇的窗子》等儿童诗集。

美丽的梦

我梦见
我这开向明天的
神奇的窗子
变成了
什么都能看见
什么都能听见
什么都能感觉到的
我的嘴巴
我的鼻子
我的耳朵
和我的眼睛……

孙静轩

生　命

一个炼钢工人，在自己的日记本上，写下了下面几句
我把它叫作最美的诗……

每个人，都走着自己的人生之路
或苦或甜，或坎坷，或平坦
但生命总有尽头
短短几十年，犹如流星一闪
而当我把自己熔化在钢铁之城
我的生命呵，便不再有限
是的，那挺拔的高炉，是我的脊背
那高亢的汽笛，是我激情的呐喊
而这座钢铁之城的编年史
则是我用血汗写下的一部自传
尽管谁也不记得我的名字
我敢说，我生命的时间和重量
　谁也无法计算

孙静轩，1930年出生，原名孙业河，山东肥城人。1943年参加八路军。1953年入中央文学讲习所学习，毕业后历任中国作家协会重庆分会、中国作家协会四川分会副主席等职。著有诗集《我等待你》《海洋抒情诗》，长诗《黄河的儿子》等。

流沙河

大学毕业生

最后一堂考试交卷了，
她走着，好像飞一样，
踏过晚露晶莹的草地，
绕过幽香醉人的荷塘。

啊，整整四年了，
她走在这条路上，
有冬天的霜雪，
有夏天的太阳。

走啊，走啊，走啊，
登上一层又一层的书籍的山岗。
走啊，走啊，走啊，
调皮的少女变成了安静的姑娘。

如今她珍惜着每一步，
向四面八方留恋地张望。
别了，红楼；别了，绿树！
别了，图书馆银亮的灯光！

今后她还要走许多路，
这条路终生不会遗忘。
夜晚，她将常常梦见
这些楼和树，这些灯光。

流沙河，1931年出生，原名余勋坦，四川金堂人。自幼习古文，做文言文。1947年入省立成都中学高中部，转习新文学。1949年入四川大学农业化学系，担任过《星星》诗刊编辑。后在中国作协四川分会专门从事创作。著有诗集《告别火星》《流沙河诗集》等。

在往日温习功课的花园里，
她摘一朵浅红色的秋海棠，
夹入快分手的教科书中，
让回忆都凝结在花瓣上。

啊，又走到校门口了，
望望远方，大路漫长。
大路将引她到哪儿去？
还是秘密呢，难猜想。

明年的今日在哪里？
一座城市？一处边疆？
未来的爱情在哪里？
深山的帐篷里？公园的小路上？

第一天工作完了的微笑，
第一件用工资缝的衣裳，
第一封又惊又喜的情书，
都在等她啊，等她前往。

当这朵秋海棠颜色褪尽，
她将会更成熟，更漂亮，
那时候她一定能找到幸福，
无论是工作在什么地方。

宫 玺

空军诗页（二首）

跨

山鹰在高高的天空，
迎风抖动着翅膀；
飞行员脚踏梯架，
纵身跨进了座舱。

浓眉下目光一闪，
闪电一样的明亮；
好像整个天空，
愈加显得晴朗。

啊，多么矫捷的动作！
多么熟悉的形象！
噢，想起来了，想起来了，
在那茫茫的草原上——

一个俊俏的少年，
背一枝小马枪；
他纵身跨马的姿态，
也是这般模样……

会是他？嘿，就是他！

宫玺，1932年出生，山东青岛人。1950年底初中肄业后参加军干校。历任南京军区空军政治部创作组专业创作员、上海文艺出版社副编审等。著有诗集《我爱连队我爱家乡》《空军诗页》《无声的雨》《抒情的原野》等。

瞧他那一脸风霜；
往日的草原骑士，
变成了空中飞将！

纵马背，跨进座舱，
这一步可不同寻常；
是谁给他这么大的勇气？
是谁给他这么大的力量？

熟悉的战友腾空起飞，
只留下一串马达声响；
哦，迎风抖翅的山鹰，
你来对我讲、对我讲……

跳

银翼掠过镜子似的湖泊，
掠过丛丛树林、小小的村庄，
跳伞的地点迅速迎来，
小伙子心里一阵阵紧张。

这还是第一次跳伞啊，
祖国要试试他的胆量：
在这高高的天空，
敢不敢乘风下降？

小伙子俯视旋转的大地，
心儿嘣嘣跳，头有点胀；

忽然想起了英雄杜凤瑞，
想起入团时的决心和愿望……

于是他觉得大地亲近了，
不但美丽，而且慈祥，
山陵，是大地母亲的手臂，
田野，是大地母亲的胸膛。

跳伞的命令刚刚下达，
小伙子脚一弹，跳出机舱；
在祖国清新的大气中，
他生命的银花灿然开放！

树林拍着绿色的手掌歌唱，
歌唱又一名新伞兵的成长；
小伙子立在大地上，
仰望天空，啊，格外晴朗！

周良沛

风

欲雪的天，灰色的早晨，
风，你絮聒，用那没牙齿的嘴唇。
一张被风抓破的纸在海滨飞飘，
像一只学飞的鸟儿飞不稳……

我记起孩子在冬天推开大门，
他呼叫——风，你卷去他手中的书本；
卷着它旋转、飞跑，像在赶路程，
忽而要将它卷入海潮，
忽而将它刮向防波堤，
以孩子所赶不到的速度飞奔……

他不顾命地追赶，
像在球场追皮球一样兴奋，
像在这本书上捕捉第一个生字时一样紧张，
以孩子童心的天真，呼叫、奔跑，
仿佛从这场竞赛中夺取欢欣……
而风，你仿佛在戏弄一个孩子，
仍然以孩子脚步所赶不到的速度，
将书本卷到沙滩、防波堤后再前进，
而他仍然在风中不停地追跑，
以他童心的纯真……

周良沛，1933年出生，江西九江人。1949年参加解放军，历任战士、文化教员、宣传队队员。1979年后任中国作家协会云南分会专业作家。著有诗集《枫叶集》《饮马集》《雨窗集》《拼命迪斯科》《铁窗集》等。

如今，外面没有人影，
风，掀起一片海啸的声音，
孩子也许长大了，在沉思许多事情，
他不会知道我每走一步就想起那个早晨，
想得很深很深……

张天民

爱情的故事

沙沙的白杨，绿色的长椅，
湖畔上并肩坐着我和你，
我们的双脚埋进青草窝，
我们的影子映在明镜里。

你磨着我讲一个故事，
还指定要关于爱情的，
我猛然想起一对夫妻，
好像和我们差不多年纪。

他们的身边也有一排白杨，
可是白杨树上缠着铁蒺藜，
他们也坐过一条长椅，
是老虎凳啊！斑斑血迹！

他们的脚下没有青草窸窣
只有那铁镣在沉重地叹息，
他们把爱人无邪的眼睛，
当作能照见心灵的镜子。

他们的山盟是"同志，坚持！"
他们的海誓是"不屈，胜利！"
放风的时候远远一望，

张天民，1933年出生，河北涿州人。1954年毕业于北京电影学院编剧系。历任文化部电影局电影剧本创作所编辑、农村读物出版社社长兼总编辑、中国电视剧制作中心主任等职。著有诗集《北京漫步集》《七月抒情诗》等。

把万千情意彼此赠与。

就在他们第一个孩子降生时，
丈夫被拖到荒郊野地，
婴儿的呐喊是生命的破晓鸡啼，
"共产党万岁"的呼叫响彻在金鸡声里！

婴儿周年生日是母亲的刑期，
临刑前夜她把血书缝在婴儿衣襟里，
地下党的同志拆开血书，
闪烁光芒的是坚贞的意志！

有了他们的生死别离，
幸福和青春才有权并肩坐这长椅！
如果建设需要我爬冰卧雪，
分离那天让我们想想过去！

孙友田

在地球深处

从矿上出来了一群姑娘，
她们嘻嘻哈哈，边走边唱，
谁会相信这群毛丫头，
敢和那乌黑的煤层打仗！

记得她们初下井，
胆小害怕炮声响，
放炮员一喊："放炮啦！"
她们就忙把耳朵捂上。

黑色的金子多难采呵，
淘气的小伙子故意不帮忙，
姑娘们咬咬牙接受磨炼，
不愿当"碴"，愿当"钢"。

采出一吨煤不怕流一身汗水，
严冬的日子也湿透了几层衣裳，
炮声中她们高喊："再来一个！"
手里的电钻呀，笑得嘎嘎地响。

把皮带扎在腰里，
把小辫子盘在头上。
"小伙子，你们不服气吗？

孙友田，1936年出生，安徽萧县人。1957年毕业于淮南煤矿学校矿山机电专业。后历任江苏省文化局专业创作员、《扬子江》诗刊主编等职。著有诗集《煤海短歌》《金色的星》《花雨江南》《带血的泥哨》等。

好！那咱就较量较量！”

把青春献给生产的洪炉，
她们的劲头如同火炉烧得正旺。
她们挖掘的那些煤块呀，
正在地球深处闪闪发光。

何　来

我的大学

胡桃树
这里有棵胡桃树，
默默低垂着叶枝，
是它用一万颗绿色的心，
悄悄分担着我的沉思。

不准射破这片绿荫，
这里是思想的国土！
它用十万片厚大的叶子，
为我挡架着烈日的火矢。

乘着树下的片片宁静，
我艰辛地跋涉人类的历史，
在这里我横渡书籍的海洋，
去发现又一块未知的大陆！

是大树用它的根和果，
给了我一个巨大的启示：
投进知识的土壤吧，
把自己当做一粒种子！

于是我每天对着胡桃树默想，
应当把什么向我的祖国献出？
如果能像胡桃树有一万颗心。
每颗心又是那样饱满充实……

何来，1939年出生，甘肃天水人。1963年毕业于西北师大中文系。历任定西地委文化科长，甘肃省作家协会副主席及诗歌创作委员会主任委员、《飞天》文学月刊社副主编、编审等职。著有诗集《断山口》《爱的碟刑》《卜者》《热雨》《侏儒酒吧》等。

1960年代

（1960.1—1969.12）

朋友，坚定地相信未来吧

相信不屈不挠的努力

相信战胜死亡的年轻

相信未来、热爱生命

——食指 《相信未来》

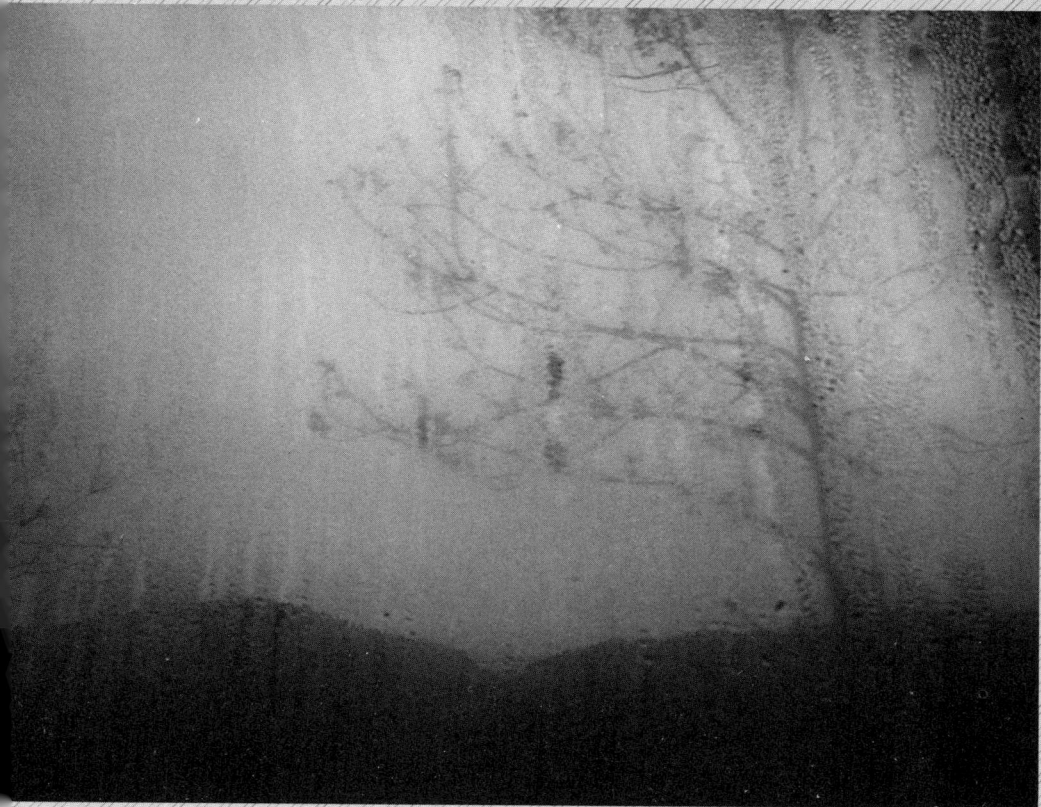

哑 默

告 诀

我站在一个新的起点，
在人生的夜昼之交。
当我在苦难的襁褓中苏醒，
犹如一个婴儿的初生。
生命的真谛焕发我的灵魂，
古老而刚健的血液在我的血管里奔运，
抛开人的丑恶嘴脸和被污染了的天性，
在爱的明确的祝福里展翅飞升，
当太阳在广阔的地平线上徐徐而起，
我将用歌唱唤醒混沌中的人群，
倾听吧，请倾听！
在云层后，
在霞光中，
一只为人的解放而欢叫着的鹰！

哑默，1942年出生，原名伍立宪，贵州普定县人。曾用过笔名春寒、矛戈、惠尔，1978年12月定为哑默。朦胧诗派代表诗人。著有诗集《诗选》、长诗《飘散的土地》。

食 指

相信未来

当蜘蛛网无情地查封了我的炉台
当灰烬的余烟叹息着贫困的悲哀
我依然固执地铺平失望的灰烬
用美丽的雪花写下：相信未来

当我的紫葡萄化为深秋的露水
当我的鲜花依偎在别人的情怀
我依然固执地用凝霜的枯藤
在凄凉的大地上写下：相信未来

我要用手指那涌向天边的排浪
我要用手掌那托住太阳的大海
摇曳着曙光那枝温暖漂亮的笔杆
用孩子的笔体写下：相信未来

我之所以坚定地相信未来
是我相信未来人们的眼睛

食指，原名郭路生。1948年生于河北，成长于北京，1960年代开始写作。著有诗集《相信未来》《食指·黑大春现代抒情诗合集》《诗探索金库·食指卷》等。

她有拨开历史风尘的睫毛
她有看透岁月篇章的瞳孔

不管人们对于我们腐烂的皮肉
那些迷途的惆怅、失败的苦痛
是寄予感动的热泪、深切的同情
还是给以轻蔑的微笑、辛辣的嘲讽

我坚信人们对于我们的脊骨
那无数次的探索、迷途、失败和成功
一定会给予热情、客观、公正的评定
是的，我焦急地等待着他们的评定

朋友，坚定地相信未来吧
相信不屈不挠的努力
相信战胜死亡的年轻
相信未来、热爱生命

第三辑

1970年代

(1970.1—1979.12)

只要心在跳动,就有血的潮汐
而你的微笑将印在红色的月亮上
每夜升起在我的小窗前
唤醒记忆
——北岛《雨夜》

刘湛秋

窗外在下雨，温馨的夜 ……

窗外在下雨，温馨的夜
流过阶前绿色的苔痕
灯光像飘动的纱巾
会有吗？那熟悉的足音

不会有缪斯来造访了
除掉雨，这忠实的恋人
在孤寂的山沟里
陪伴着一个正在凋谢的青春

刘湛秋，1935年出生，安徽芜湖人，曾任《诗刊》副主编。著有《生命的欢乐》《无题抒情诗》《人·爱情·风景》等诗集。

蔡华俊

呵，我不过是二十年的蓓蕾

蔡华俊，1943年出生，上海人。1965年高中毕业于上海比乐中学，后被安置于街道工厂（延安塑料厂）工作。现退休在家。

一

有一天，我独自地
徘徊，
我凝视着我颀长的身影，
在那惨淡的月光下面
慢慢地吮啜着人世的污秽。
呵！我不过是二十年的蓓蕾，
少年呵，振作起来！
创造起理想的生活，
把化出的辛劳如愿偿还！

二

有一夜，我独自地徘徊，
我注视着我与世无争的心灵
在那幽暗的路灯下面
悠悠地把诗意的境界萦回。
呵！我不过是二十年的蓓蕾，
少年呵，坚强起来！
建树起灼热的生活，
别再游荡于万籁俱寂的都会！

陈建华

月亮的爱情

披着轻薄的云纱娇慵地走来，
今夜你像秋水中出浴的美人。
眼角蕴含着初秋霜露的怨冷，
那雨天的小别已经使我憔悴。

假如我穿上清风的羽衣高飞，
去卧在青山的胸脯上，使我们
更近地相望，但我的船永不能
从松林的风涛驶进你的云海。

我们的爱情是悲哀的。我是那
失望的鱼，空吻你水中的身影；
你是渔夫，在怨叹无力的银网。
在这清凉的静夜，相对而泣吧，
以纯洁的泪默诉衷情，愿我们
永远温柔地相爱，在人间天上。

陈建华，1947年出生，上海人。1967年高中毕业于上海新群中学，1979年考入复旦大学中文系，1988年获文学博士学位。2000年至今在香港科技大学人文学部任教。未刊诗集有《红坟草》。

郭建勇

我的心里有一片处女地

我的心里有一片处女地，
肥沃的黑土上草原青青，一望无际；
茂密的森林静静沉思，
微风吹来，发出一阵阵悠远的叹息……

呵，多少年了，我自己也没有发现
这里竟会有如此清新的空气——
这里的天空多么晴朗，湖泊多么宁静，
这里的土地多么可爱，鲜花多么瑰丽。

像一个幸运的探险家又惊又喜，
他找到了祖先们从未梦想过的土地，
这里未曾沾染世俗的烟尘，
也未践踏过强权者们野蛮的铁蹄。

大自然在这里保持着她的贞洁，
蓝色的脉管里没有混进肮脏的血液，

郭建勇，1946年生于陕西西安，3岁时随母亲回到江苏常州祖母家。1952年到上海读书，1963年开始写作并发表诗歌。1981年考入上海人民广播电台，任编辑记者至今。

那些卑鄙的强盗到处奸淫掠夺
他们永远也找不到这块神秘的土地！

呵，数不清的花朵在这里摇曳，开放，
数不清的鸟儿在这里栖息，翱翔，
——这里有灿烂的阳光，清澈的流水，
这里有一片丰饶、自由的土地。

我的心里有一片处女地，
它蕴藏着我生命中最珍贵的一切，
对于人们这是一块奇异而陌生的禁地，
对于你，只会感到亲切和熟悉。

来吧，我的朋友！请带上智慧的种子，
带上农具，带上帐篷，带上爱情和友谊。
让我们在这里升起炊烟，辛勤耕耘，
只要等到秋天，只要等到黄金的季节！

钱玉林

清早，我从花园的木栅前经过

清早，我从花园的木栅前经过，

一个中学生和一个女孩子站在那里。

少女梳着辫子，肩上背着书包，

他们在愉快地轻轻谈笑，

她的明亮的眼睛，

流露出信任而又快乐的神情。

我听不清他们的声音，

也许，只有风才知道他们的秘密……

最后，她怯生生地道别，去了，

我目送她纤秀的身影，

和她被清风吹动的鬓角，

不禁愉快而又有些惋惜地想到：

我也曾经是一个少年

像他们一样纯洁而年轻……

钱玉林，1942年出生，江苏镇江人。光明中学1967届高中毕业。1974年起任红光中学语文教师。1980年考入汉语大词典编纂处（后改出版社），历任编辑、编辑部副主任。2002年退休。著有诗集《记忆之树》等。

王汉梁

新　生

不在忧患的毒火中死灭，
就在忧患的毒火中新生。
战啊！
从故我的旧壳中
蜕化出崭新的一身！

王汉梁，1946年出生，上海人。1966年高中毕业于上海塔进中学。1983年底，考入上海电视台，期间曾在华东师范大学中文系参加自考。在各地报刊发表散文、随笔作品多篇。

许基鹤

新 生

许基鹤，1946年生于上海，「文革」失学3年后被安置在集体编制的饮食业工作。1976年后，又到上海电器公司下属的经营公司工作。现退休在家。

在盐水、碱水与沸水里泡过，
皮肉裂开，袒露出鲜红的心窝——
但在心窝里燃着纯洁的火。

面容改了，皱纹深了，人苍老了，
但手足的伤痕在收口，新肉长出来了：
又迈开脚步，又伸出婴孩般的嫩手。

曾在泥坑里翻滚，曾在风云中折腾，
曾想把大地撕裂，曾想在山巅疾吼，
但今天，又平静而深沉地思想着，行走着，

——平静而深沉地思想着，行走着，
让纯洁的火从不间断地燃于心头——
陪伴着人，如灯火伴行人的一生。

借着火，洞察过去，再走完往后的路程，
不再让风暴搅乱自己的心，
让风去疯狂，天空是永远静而深！

张 烨

那就是我

像春风一样追上来
"喏，还给你，这年头可要处处
当心哪
别再轻易丢失自己的笔记本
不过，我还真喜欢扉页上那首诗
是你写的吧……"

少年，少年，
恍惚一笑
英俊的目光
像黑水晶在太阳下面照射
他远去的脚步——
在悄悄向我走近，走近……
我突然懊悔没有问及他的地址

白天是太阳
夜晚是月亮
升升落落都是他的影子
一丝颤动的光
也会牵动内心的音乐

少年！少年！
淡淡的相遇

张烨，1948年出生，女，上海人，原籍浙江奉化。1982年毕业于复旦大学分校文献信息系，现任教于上海大学文学院。著有诗集《诗人之恋》《彩色世界》《绿色皇冠》《张烨集：生命路上的歌》等。

浓浓的回味。
你在哪里?
明年此时
我依旧会等在这里
如果心有灵犀
你一定会来，如果你不来
我也许就会变成一朵蒲公英
随风飘翩，在城市的一方
寻到你，轻轻洒落在你的头顶
肩膀，手上……
当然你绝不会知道
那就是我。

林 莽

第五个金秋
——给白洋淀知青小农场

林莽，原名张建中，生于1949年。在北京上小学、中学，1968年赴河北白洋淀插队，开始诗歌写作。出版有诗集《我流过这片土地》《林莽的诗》《永恒的瞬间》等。

在荒漠的原野上
你们播种希望的种子
金色的秋天
如金黄的梦
阳光在漫步
秋天在撼动

是第五个金秋了
你们要开垦荒漠的田园
让绿色的苗儿
打破枯草的荒滩

怀着友人的情谊
走进你们的新居
真愿你们啊
窥见了生活的
新的"情趣"
真愿你们啊
得到了新的"勇气"

我渴望充实的灵魂
对你们没有什么可贵的赋予

只是当秋尽冬来
雪花飘去了最初的梦幻
冷风带来悲凉的伤感
在你们栖居的地方
有朋友的诗句在一旁
我知道，我无力的诗句
不会唤起你们无尽的力量
然而，我诚挚的心灵
或许会燃起你们心中
熠熠的火塘

这儿不是无冬的南方
这儿不是西伯利亚的深矿
种子在地上聚集着力量
朋友
不要抛弃你热情的幻想

是的，当初春
和风会唤醒沉睡的大地
也许，我们的心愿
会结出理想的果实

芒 克

阳光中的向日葵

你看到了吗
你看到阳光中的那棵向日葵了吗
你看它，它没有低下头
而是在把头转向身后
它把头转了过去
就好像是为了一口咬断
那套在它脖子上的
那牵在太阳手中的绳索

你看到它了吗
你看到那棵昂着头
怒视着太阳的向日葵了吗
它的头几乎已把太阳遮住
它的头即使是在没有太阳的时候
也依然在闪耀着光芒

你看到那棵向日葵了吗
你应该走近它
你走近它便会发现
它脚下的那片泥土
每抓起一把
都一定会攥出血来

芒克，原名姜世伟，1950年生于北京。1978年与北岛共同创办文学刊物《今天》。著有诗集《心事》《阳光中的向日葵》《芒克诗选》《今天是哪一天》等。

多多

手　艺
——和玛琳娜·茨维塔耶娃

我写青春沦落的诗
（写不贞的诗）
写在窄长的房间中
被诗人奸污
被咖啡馆辞退街头的诗
我那冷漠的
再无怨恨的诗
（本身就是一个故事）
我那没有人读的诗
正如一个故事的历史
我那失去骄傲
失去爱情的
（我那贵族的诗）
她，终会被农民娶走
她，就是我荒废的时日……

多多，原名栗世征，1951年生于北京，1989年出国，现为海南大学人文传播学院教授。著有诗集《行礼：诗38首》《里程：多多诗选1973—1988》《多多诗选》等。

北 岛

雨 夜

当水洼里破碎的夜晚
摇着一片新叶
像摇着自己的孩子睡去
当灯光串起雨滴
缀饰在你肩头
闪着光，又滚落在地
你说，不
口气如此坚决
可微笑却泄露了内心的秘密

低低的乌云用潮湿的手掌
揉着你的头发
揉进花的芳香和我滚烫的呼吸
路灯拉长的身影
连接着每个路口，连接着每个梦
用网捕捉着我们的欢乐之谜
以往的辛酸凝成泪水
沾湿了你的手绢
被遗忘在一个黑漆漆的门洞里

即使明天早上
枪口和血淋淋的太阳
让我交出青春、自由和笔

北岛，原名赵振开。祖籍浙江湖州，1949年生于北京，曾徙居于欧美，现居香港。著有诗集《北岛诗选》《在天涯》《午夜歌手》《零度以上的风景线》《开锁》等。

我也决不会交出这个夜晚
我决不会交出你
让墙壁堵住我的嘴唇吧
让铁条分割我的天空吧
只要心在跳动，就有血的潮汐
而你的微笑将印在红色的月亮上
每夜升起在我的小窗前
唤醒记忆

顾 城

生命幻想曲

把我的幻影和梦
放在狭长的贝壳里
柳枝编成的船篷
还旋绕着夏蝉的长鸣
拉紧桅绳
风吹起晨雾的帆
我开航了。

没有目的
在蓝天中荡漾
让阳光的瀑布
洗黑我的皮肤。

太阳是我的纤夫
它拉着我
用强光的绳索
一步步
走完十二小时的路途
我被风推着
向东向西
太阳消失在暮色里。

黑夜来了

顾城，1956年生于北京，1993年在新西兰居所杀死其妻谢烨后自杀。著有诗集《白昼的月亮》《舒婷、顾城抒情诗选》《北方的孤独者之歌》《铁铃》《黑眼睛》《北岛、顾城诗选》《顾城诗集》《顾城童话寓言诗选》《顾城新诗自选集》。去世后由父亲顾工编辑出版《顾城诗全编》。

我驶进银河的港湾
几千个星星对我看着
我抛下了
新月——黄金的锚
天微明
海洋挤满阴云的冰山
碰击着
"轰隆隆"——雷鸣电闪
我到哪里去呵
宇宙是这样的无边。

用金黄的麦秸
织成摇篮
把我的灵感和心
放在里边
装好纽扣的车轮
让时间拖着
去问候世界。

车轮滚过
百里香和野菊的草间
蟋蟀欢迎我
抖动着琴弦
我把希望溶进花香
黑夜像山谷
白昼像峰巅
睡吧！合上双眼
世界就与我无关。

时间的马
累倒了
黄尾的太平鸟
在我的车中做窝
我仍然要徒步走遍世界——
沙漠、森林和偏僻的角落。

太阳烘着地球
像烤一块面包
我行走着
赤着双脚
我把我的足迹
像图章印遍大地
世界也就溶进了
我的生命。

我要唱
一支人类的歌曲
千百年后
在宇宙中共鸣。

常　荣

青春曲

常荣，女，北京人，曾参加第一届青春诗会。

祖国已经几千岁
而我这样年轻。
呵，愿我一颗青春的心
在古老祖国的胸膛里跳动，
——砰砰，砰砰！
年轻的血液，
年轻的生命，
奔流，歌唱，
大睁着一双清亮亮的眼睛。

勇敢地幻想，
大胆地憧憬，
活泼泼地跳，活泼泼地蹦
挣脱千百年来束缚思想的桎梏、绳索，
向着无限的未来迸发出久蕴的心声！
呵，在大海之畔
祖国，我用整个生命拥抱着的祖国，
我将在鲜艳丹红的日轮里
看见你青春的映象，
不是夕阳，
恰是黎明。

第四辑

1980年代

（1980.1——1989.12）

我和春天一起写这首诗
和你和更多的人一同唱这支歌
海水和冰块猛烈相撞。船冲向浪头
我们这样站着，雄壮而多情
温柔地呼唤风像召唤姑娘们
使大地上所有的树木都涨满绿帆
——江河《让我们一块儿走吧》

青年们要充分认识自己所负的重任，祖国在期待你们，人民在期待你们，革命在期待你们

叶文福

祖国啊，我要燃烧

叶文福，1944年出生于湖北蒲圻（现赤壁）。出版诗集《山恋》《天鹅之死》《雄性的太阳》《牛号》等。影响最大的诗作是发表于1979年的《将军，不能这样做》。

当我还是一株青松的幼苗，

大地就赋予我高尚的情操！

我立志作栋梁，献身于人类，

一枝一叶，全不畏雪剑冰刀！

不幸，我是植根在深深的峡谷，

长啊，长啊，却怎么也高不过峰头的小草。

我拼命吸吮母亲干瘪的乳房，

一心要把理想举上万重碧霄！

我实在太不自量了：幼稚！可笑！

蒙昧使我看不见自己卑贱的细胞。

于是我受到了应有的惩罚——

迎面扑来旷世的风暴！

啊，天翻地覆……

啊，山呼海啸……

伟大的造山运动，

把我埋进深深的地层，

——我死了，那时我正青春年少。

我死了！年轻的躯干在地底痉挛，

我死了！不死的精灵却还在拼搏呼号：

"我要出去！我要出去！

我要出去啊——我的理想不是蹲这黑暗的囚牢！"

漫长的岁月，

我吞忍了多少难忍的煎熬，

但理想之光，依然在心中灼灼闪耀。

我变成了一块煤，还悲愤地捶打地狱的门环：

　"祖国啊，祖国啊，我要燃烧！"

地壳是多么的厚啊，希望是何等的缥缈！

我渴望：渴望面前闪出一千条向阳坑道！

我要出去，投身于熔炉，化作熊熊烈火：

　"祖国啊，祖国啊，我要燃烧——"

梅绍静

青　春

谁说，
青春使人
思想单纯？

我现在才懂得，
单纯到了十分
才是真正的深沉。

相信美好的格言，
印在心上，
不止记上日记本。

羞愧已去的过失，
脸上泛起红潮的时候
周围却并没有人。

流着热泪
回忆自己的青春——
它简单浮浅吗？不！
真诚的岁月无比丰富，
也无比深沉。

梅绍静，女，1948年生于重庆。出版诗集有《兰珍子》《唢呐声声》《她就是那个梅》《女娲的天空》等。

舒 婷

献给我的同代人

他们在天上
愿为一颗星
他们在地上
愿为一盏灯
不怕显得多么渺小
只要尽其可能

唯因不被承认
才格外勇敢真诚
即使像眼泪一样跌碎
敏感的大地
处处仍有
持久而悠远的回声

为开拓心灵的处女地
走入禁区，也许——
就在那里牺牲
留下歪歪斜斜的脚印
给后来者
签署通行证

舒婷，女，原名龚佩瑜，1952年出生，福建泉州人。著有诗集《双桅船》《会唱歌的鸢尾花》《始祖鸟》等。主要诗作创作于1980年代。

梁小斌

你让我一个人走进少女的内心

梁小斌，1954年生，安徽合肥人，现居北京。著有诗集《少女军鼓队》等。

你让我一个人走进少女的内心
害羞的人们，请在外面等我一会

让我大胆地走进去
去感受她那烫人的体温
和使我迷醉的唲唲私语
我还要沿着血液的河流
在她苗条的身体上旅行
我要和她拥抱得更紧
让女孩子也散发出男性气息

说吧，请告诉我
那在黑暗中孤独地徘徊的是谁
那由于痴情想奔向美丽星光的是谁

让我们一起走进少女的内心
并且别忘记带上两把火炬

让我们勇敢地走进去
去发现外面的世界还没有的珍奇
在这发源心脏的河畔
我一定会拾到一本书
这上面没有腐朽的教义

它启发我怎样和未来去亲吻
但愿我也有一颗女孩子的心

让整整一代人走进少女的内心吧
当我们再走出来
一定会感到青春充满着活力

杨 炼

我走向生活

我走向生活
我走向土地和水，星星和果园
我走向少女、欢笑、风筝、帆
我走向晚霞、灯光、梦、摇篮曲
我走向由于昨天的渴望而更珍贵的今天
　　我走向生活

我走向生活
我走向记忆、朋友、一张张熟悉的脸
我走向信、聚会、采集痛苦和新生经历的诗篇
我走向前驱者遗像上的眼睛，鲜花在开放
我走向永恒的理想，连死亡也无法阻拦
　　我走向生活

我走向生活
我走向没有道路的荒漠、沉寂的山
我走向低矮的茅草房和只盛着早春清风的碗
我走向悲哀、控诉、粗壮的拳头
我走向那纯朴的心中再次迸发的誓言
　　我走向生活

我走向生活
带着爱情、黎明和对未来永无休止的思念

杨炼，1955年出生于瑞士，成长于北京，现居英国伦敦。出版的诗集有《礼魂》《荒魂》《黄》《大海停止之处》等。

像一片草，我把自己交给奔涌的流泉
让孤独、寂寞和凝霜的忧思融进这透明的喧哗吧
而世界变得多么开阔！哦，海在面前
　　我走向生活

傅天琳

我喜欢

我喜欢树，喜欢那苍劲的，牢牢站在大地上
　　的树，
枝头挂满果实的欢笑，枝叶飘动风的祝福。
我也喜欢鸟，喜欢那自由自在的飞翔的鸟，
山作集，海为家，一抖翅又钻进云层深处。

我喜欢那粗野的泉水在山涧奔跑，
像一群天真调皮的孩子在嬉戏追逐。
但那泛着涟漪的暗蓝色的池水，
却分明贮着我深沉的爱的泪珠。

那石头和冰块一样凝重的诗，
是那样强烈地震撼着我的肺腑。
那露珠和鲜花一般璀灿的歌，
又使我为生活之美忘情地欢呼。

哎，我究竟喜欢什么呢？为什么我爱笑又爱哭？
啊，谁能说出？又何须说出——
我就是一粒永不发芽的痛苦的种子，
我就是一棵爱唱爱跳的快乐的树。

傅天琳，女，1946年生，四川资中人。已出版诗集、散文集十余部，其中《绿色的音符》获1983年全国首届优秀诗集奖，《傅天琳诗选》获2003年全国第二届女性文学奖，《六片落叶》获2006年人民文学奖。

骆耕野

沸　泉

我是沸泉。
我是海的儿子，
大地的一条沸腾的脉管。
我曾像银鳗、像白鸥、
像孩子的欢笑从草海上滑过；
在一场突来的地震中跌进了深渊。

我是沸泉，
我是凝固的大气层，
是封闭在地下的一隅蓝天。
在地壳的错动与裂变中，
忍受着无休止的挤压与扭曲；
在炼狱的岩火中，我经历过无数次死亡，
一次次醒来，又一次次化作幻灭的青烟。
我从地球母亲的心房里，
吮吸着火的热情、熔岩的活力；
从呼啸的烈焰中懂得了大地的爱、
找回了丢失太久的童年。

我是沸泉。
我不是月亮吻别黎明的珠泪，
不是冻结在冰川心里的暧昧的情感；
不是乌云的驼峰中私藏的爱，
我不愿怯懦地蜷缩在地下，蛇一样麻木地
冬眠。

骆耕野，1951年出生，重庆人。著有诗集《不满》《再生》等。

我是亮晶晶的灵魂、水淋淋的爱，
被压抑的热情、被活埋的信念。
是无数爱与力的汇合——渺小而又伟大。
一滴灼热的水珠，一片碧绿的思恋。
我梦见旱地龟裂着哭不出声音的嘴唇，
我梦见赤条条的树木
在雪地里可怜地打颤，
我梦见画壁上的金蟾，石碑下的神龟，
梦见钉在雕梁上的蛟龙，渴望着清泉。
我期待呀、盼望呀，
在狭长的黑暗里模索、寻找：
我愤怒地呐喊着、冲撞着，
挟带着沉雷和热风冲出地面。

我是沸泉。
我是冬天里的神话，
是劈开雪原的热辣辣的闪电。
我不要塔和庙堂、没有可礼拜的偶像、
无论是月亮还是太阳头上的光环。
我就是千万个透明的太阳，
所有的水珠，都像太阳般灼热而浑圆。
我从冰封中站起来，肩起一冬的寒气，
面对肃杀的世界，弹响复兴的琴弦。
我激励种籽从旧皮鞘里抽出青光闪闪的
宝刀

我召唤林带从绝望的沙海中升起绿荫的
风帆；
我沿着每一棵草木、每一行苗垄，
走向果实和未来、走向绿色的境界，
我注入都江堰、郑国渠和大运河，
拥抱结冰的理想、干涸的爱，
使大地凝滞的血流重又颤动着蔚蓝色的
火焰；
我像一簇银色的地上礼花，
在拓荒者梦中舒展着永不凋萎的欢笑哟；
我像一只欢乐而又美丽的白孔雀，
向蛰伏穴中的虫蛹，向挤在炉边取暖的
人们，
展开了一个神话般难以置信的春天。

我是沸泉，
我是沸泉，
我抑不住沸腾哟，
止不住呐喊，
我是层岩封不住的思想的热流，
我是严寒冻不死的信念的花瓣；
我是煤一样被窒息过的民族精神，
是痛苦的追求——大地古老而又年轻的
愿望；
是一段坠入深渊中的繁华的历史，
早该出现而没有出现。
是海的性格，火的思想，泥土的情操，
是联接两个伟大乐章的冻结了的相思；
我既不是终止也不是永恒，
我回到地面上，要弥合秋天和春天的苦恋。

王小妮

我感到了阳光

我从长长的走廊
走下去……

——啊，迎面是刺眼的窗子
两边是反光的墙壁
阳光，我
我和阳光站在一起！

——啊，阳光原是这样强烈
暖得人凝住了脚步，
亮得人憋住了呼吸。
全宇宙的阳光都在这里集聚。

——我不知道还有什么存在
只有我，靠着阳光
站了十秒钟
十秒，有时会长于一个世纪的
四分之一。

终于，我冲下楼梯，推开门，
奔走在春天的阳光里……

王小妮，女，1955年生于吉林省长春市。1982年毕业于吉林大学。1985年定居深圳。著有诗集《我的诗选》《我的纸里包着我的火》《半个我正在疼痛》等。2004年获得第二届「华语文学传媒大奖」年度诗人。

骆晓戈

青春的三叶林

橡胶树，青青的三叶林，
姑娘要把它栽遍山岭；
三叶林，青青的橡胶树，
像姑娘的身段一样轻盈。

春天，姑娘在定植育苗，
有谁悄悄地送肥，挖坑？
奇异的苗头她没去思索，
茸绿的嫩叶占住了心灵。

夏天，姑娘忙着嫁接，
又是谁送来揩汗的毛巾？
地头只见刚送来的芽条，
水汪汪的芽眼仿佛是那双眼睛。

深秋，三叶林已一片绿荫，
像泼洒的浓墨勾勒一对身影：
"三叶林从此在大山安家了"，
"三叶不正是理想、幸福、爱情"……

骆晓戈，女，1952年出生于武汉市，1981年毕业于湖南师范大学中文系，现为湖南商学院中文系教授。著有诗集《乡村的风》《鸽子花》《挎空篮子的主妇》《骆晓戈短诗选》等。

徐敬亚

一　代

徐敬亚，1949年生于吉林长春市。1982年毕业于吉林大学中文系。1985年后定居深圳。著有诗歌评论《崛起的诗群》《圭臬之死》《隐匿者之光》及散文随笔集《不原谅历史》等。曾主持「中国现代诗大展」，并主编《中国现代诗大观》。

第一粒雪就掩埋了冬天
皮鞋疯了
无法找到你！
还没有来得及指点
手臂就消失了
我是慈善如火的人
我是无法预测的人
在我放声大笑前
被突然雕塑
奔向何方

春天，连铜都绿啦
树走进血管
让头发作我巨大的睫毛吧

以前额注视死亡
从火里走向水
多么令人诱惑呀
还没有来得及死
就诞生了
影子回到我的身体里来吧
太阳升起时
白纸上的字迹也无影无踪

我心柔似女

风，一阵哭一阵笑

大丈夫，多么富有魅力

第一朵花就掩埋了春天

苦难挽留我！

唯有你能够把我支撑

就在这里

钉下一颗钉子

我是无法再生无法死去的男人

杨 牧

我是青年

杨牧，1944年出生在四川省渠县，于20世纪60年代流浪到中国西北部，曾在新疆度过25个春秋。出版有诗集《复活的海》《野玫瑰》《雄风》《边魂》《荒原与剑》和长篇自传《西域流浪记》等20余部作品。

人们还叫我青年……
哈……我是青年！

我年轻啊，我的上帝！
感谢你给了我一个不出钢的熔炉，
把我的青春密封、冶炼；
感谢你给了我一个冰箱，
把我的灵魂冷藏、保管；
感谢你给了我烧山的灰烬，
把我的胚芽埋在深涧！
感谢你给了我理不清的蚕丝，
让我在岁月的河边作茧。
所以我年轻——当我的诗句
　　出现在人们面前的时候，
竟像哈萨克牧民的羊皮口袋里
　　发酵的酸奶子一样新鲜！

……哈，我是青年！

我年轻啊，我的胡大！
就像我无数年轻的同伴——
青春曾在沙漠里丢失，
只有叮咚的驼铃为我催眠；

青春曾在烈日下暴晒，

只留下一个难以辨清滋味的杏干。

荒芜的秃额，也许正是早被充置的土丘，

弧形的皱纹，也许是随手划出的抛物线。

所以我年轻——当我们回到

　　　春天的时候，

你看看我，我看看你，

哈……我们都有了一代人的特点！

以青年的身份

参加过无数青年的会议，

老实说，我不怀疑我青年的条件。

三十六岁，减去"十"，

正好……不，团龄才超过仅仅一年！

《呐喊》的作者

　　　那时还比我们大呢；

比起长征途中那些终身不衰老的

　　　年轻的战士，

我们还不过是"儿童团"！

……哈，我是青年！

嘲讽吗？那就嘲讽自己吧，

苦味儿的辛辣——带着咸。

祖国哟！

是您应该为您这样的儿女痛楚，

还是您的这样的儿女，

　　　应该为您感到辛酸？

我，常常望着天真的儿童，
素不相识，我也抚抚红润的小脸。
他们陌生地瞅着我，歪着头。
像一群小鸟打量着一个恐龙蛋。
他们走了走远了，
　　　也许正走向青春吧，
我却只有心灵的脚步微微发颤……
……不！我得去转告我的祖国：
世上最为珍贵的东西，
莫过于青春的自主权！

我爱，我想，但不嫉妒。
我哭，我笑，但不抱怨。
我羞，我愧，但不悲叹。
我怒，我恨，但不自弃。
既然这个特殊的时代
　　　酿成了青年特殊的概念，
我就要对着蓝天说：我是——青年！

我是青年——
我的血管永远不会被泥沙堵塞；
我是青年——
我的瞳仁永远不会拉上雾幔。
我的秃额，正是一片初春的原野，
我的皱纹，正是一条大江的开端。
我不是醉汉，我不愿在白日说梦；
我不是老妇，絮絮叨叨地叹息华年；
我不是猢狲，我不会再被敲锣者戏耍；

我不是海龟，昏昏沉睡而益寿延年。

我是鹰——云中有志！

我是马——背上有鞍！

我是骨——骨中有钙！

我是汗——汗中有盐！

祖国啊！

既然你因残缺太多

　　把我们划入了青年的梯队，

我们就有青年和中年——双重的肩！

江 河

让我们一块儿走吧
（组诗摘选第一节）

江河，原名于友泽，1949年出生，北京人，现居美国。著有诗集《从这里开始》《太阳和他的反光》等。

1

我和春天一起写这首诗
和你和更多的人一同唱这支歌
海水和冰块猛烈相撞。船冲向浪头
我们这样站着，雄壮而多情
温柔地呼唤风像召唤姑娘们
使大地上所有的树木都涨满绿帆

当喷吐着鲜红火焰的果子
被狂风一个个击落，那时候
种子就撒遍土地，和矿藏一同沉默着
为了在今天歌唱

让我们一块儿走吧

为了歌唱，玉兰花
洁白的心向蓝天打开
为了不再孤独，繁星似的迎春到处闪烁
金色的声音刺激着我们
阳光追逐着，鸟儿牵动着
让我们一块儿走吧
在花瓣匆匆铺就的道路上芬芳地走吧
紫丁香像影子一样在身后晃动
五月正迎着我们走来，献上更多的花朵

叶延滨

生命之火
——在北京观陈爱莲《西班牙舞》

1

踢哒，踢哒，踢哒
跳吧，用这双娇小的靴子跳啊

红色的披巾
黑色的长发
红色的斗篷
黑色的长裙

踢哒，踢哒，踢哒
跳吧，像一匹欢快的小马跳啊

耳边响起斗牛士之歌
用舞姿去迎接勇士
像一匹安达路西亚的小马
载起勇士们的心

踢哒，踢哒，踢哒
跳吧，像火焰在黑色中舞蹈啊
从矿井里跳出火苗
从地壳中跳出岩浆
从长夜后跳出太阳
从黑眼睛中跳出爱……

叶延滨，1948年出生于哈尔滨，在四川读中小学，在延安插队，1978年考入大学。曾任《星星诗刊》和《诗刊》主编，著有诗集《不悔》《二重奏》《囚徒与白鸽》《二十世纪印象》等。

2

把眼睛在舞动的火焰中
藏起来，藏起来，藏起来
藏起眼睛跳——
让飞飏的秀发为你而歌
让秀发唱歌
啊啊，从那乌黑的发束
我看到消魂摄魄的眼波

把眼睛在舞动的火焰中
藏起来，藏起来，藏起来
藏起眼睛跳——
让抖动的肩胛向你倾诉
让肩胛倾诉
啊啊，从那起伏的弧线
我看到纯真如莹的羞涩

把眼睛在舞动的火焰中
藏起来，藏起来，藏起来
藏起眼睛跳——
让妩媚的手臂朝你呼唤
让手臂呼唤
啊啊，从那扭动的臂腕
我看到如饥如渴的顾盼

把眼睛在舞动的火焰中
藏起来，藏起来，藏起来
藏起眼睛跳——
藏不住凝眸，藏不住爱恋

藏不住畏怯，藏不住惆怅
藏不住诡谲，藏不住热望
爆出这狂舞的火焰……

3

生命在舞蹈中闪射光华
　　让时间停下来
生命化作那唇上猩红的爱
　　让时间停下来
爱在浑身的血液中燃烧
　　让时间停下来
燃烧的是那如翼的手臂
　　　让时间停下来
那修长的腿也向往着飞翔
　　让时间停下来
足尖蹦跳在吉它的六根弦上
　　让时间停下来
高高挺起的胸为爱而丰满
　　让时间停下来
为了生命一万次战胜死亡
　　让时间停下来
爱情将永远是火焰烧尽黑暗
　　让时间停下来
叫火焰烧红那些苍白的心房吧
　　让时间停下来
千百颗心在此刻一齐呼喊——
　　　让时间停下来啊
　　　让时间停下来！

4

两块大陆靠近了

你不是陈爱莲
也不是西班牙女郎
你是地中海熏人的风
是直布罗陀瑰丽的海
　　　欧罗巴乘坐艺术之舟
　　　来到我们身旁

两块大陆靠近了

这不是你在舞
不是红披风和红斗篷
这是马德里的愚人节
洋溢着葡萄酒的芬芳
　　　一个女性的哥伦布
　　　给人以艺术的新大陆

两块大陆靠近了

把琴弦都弹断吧
敲破所有的羊皮鼓
让我们披上这红披巾
让我们挥动这红斗篷
永远不要落下舞台的大幕啊
让我们一起舞，一起舞！……

陈所巨

我

我，土地的儿子
一个年轻的农民。
像一株枝干黑褐的小叶杨，
吸吮着大地的乳汁，
健壮得十级风也吹不满。
伸着枝叶承受着雨和光。

我来自大地，
像大地一样浑厚、善良。
我坚强的手臂能托起
一个太阳，一个月亮，
和一个丰裕的粮仓。

我的胸脯能开垦种植
夏天的葱绿、秋天的金黄。
我的心储存着十亿卡地热，
眼，明净得像发亮的池塘。

青春的紫藤正吊满花朵：
爱情、幸福、向往。
我知道我青蒲般旺盛的黑发

陈所巨（1947～2005），安徽省桐城市人，武汉大学中文系毕业。有《父子宰相》《黑洞幽幽》《文都墨痕》《阳光·土地·人》《玫瑰海》等著作17部。

会变成深秋的芦花。
我知道土地创造我，
最终还要将我收藏。
但太阳从我身上蒸发的水汽，
将是云、是雨，留在海洋。
微风录去我细微的呼吸，
也许将留在哪一片绿叶上。
而我所爱的一切，
我所创造的一切，
也将长留世上。

我，大地的儿子
一个年轻的农民。
我是组成大地的一粒微尘，
我是一朵金黄瘦小的满天星。
我的任何一个器官，
都感觉到泥土的芬芳。
我的心装着一个博大的世界，
一个建立在土地上的世界，
一切都在这个黛黑的，
坚实、丰腴的土地上。

张学梦

祖国，我理解

祖国，我理解你对这一代的内疚和苦楚

但请相信，我不是债券，是财富

我会碧绿，走向秋天

不辜负每一缕阳光，每寸土

我会献出苦思

用我畸形的早熟

使你肥沃，使你富足

用汗水涤净泪迹吧，祖国

我是积极的因子，不是被动的函数

张学梦，1940年出生于河北省丰润县。著有诗集《现代化和我们自己》《爱的格言》（合作）、《爱情箴言》（合作）、《人生妙言》（合作）等。

雷抒雁

那只雁是我

那只雁是我，
是我的灵魂从秋林上飞过。
我依然追求着理想，
唱着热情的和忧伤的歌。

那只雁是我，
是美的灵魂逃脱丑的躯壳。
躲过猎人和狐狸的追捕，
唱着热情的和希望的歌。

飞过三月暮雨，是我！
飞过五月晓风，是我！
一片片撕下带血的羽毛，
唱着热情的和忧伤的歌。

雷抒雁，1942年出生于陕西泾阳县。著有诗集《小草在歌唱》《父母之河》《踏尘而过》《激情编年》等十多部。诗歌《小草在歌唱》获1979年至1980年全国中青年诗人优秀作品奖。《父母之河》获全国第二届优秀新诗奖。

章德益

我与大漠的形象

大漠说：你应该和我相像

它用它的沙柱、它的风沙
它的怒云、它的炎阳
设计着我的形象
——于是，我的额头上，有了风沙的凿纹
——于是，我的胸廓中，有了暴风的回响

我说：大漠，你应该和我相像

我用我的浓荫、我的笑靥
我的旋律、我的春阳
设计着大漠的形象
——于是，叶脉里，有了我的笑纹
——于是，花粉里，有了我的幻想

章德益，1946年出生，浙江吴县人，中国作家协会新疆维吾尔自治区分会专业作家。著有诗集《大汗歌》（合作）、《大漠与我》《西部太阳》《黑色戈壁石》等。

大漠有了几分像我
我也有几分与大漠相像
我像大漠的：雄浑、开阔、旷达
大漠像我的：俊逸、热烈、浪漫

大漠与我
在各自的设计中
塑造着对方的形象

生活说：我以我的艰辛设计着你的形象
我说：我以我的全部憧憬设计着世界的形象。

李小雨

红纱巾
——写在第二十九个生日时

我要戴那条

红色的纱巾……

那轻柔的、冰冷的纱巾

滑过我苍白的脸庞，

仿佛两道溪水，

清凉凉地浸透了我发烫的双颊

第一根白发和初添的皱纹。

（真的吗，苍老就是这样降临？）

呵，这些年，

风沙太多了，

吹干了眼角的泪痕，

吹裂了心……

红纱巾

我看见夜风中

两道溪水上燃烧的火苗，

那么猛烈地烧灼着

我那双被平庸的生活

麻木了的眼神。

一道红色的闪电划过，

是青春的血液的颜色吗？

是跳跃的脉搏的颜色吗？

那，曾是我的颜色呵。

我惊醒。

李小雨，女，1951年出生，河北省丰润县人。1976年起到《诗刊》编辑部工作，主要诗集有《雁翎歌》《红纱巾》等。

那半夜敲门声打破的噩梦，
那散落一地的初中课本，
那闷热中午的长长的田垄，
那尘土飞扬的贫困的小村，
那蓝天下给予母亲的第一个微笑，
那朦胧中未完成的初恋的纯真，
那六平方米住房的狭窄的温暖，
那排着长队购买《英语讲座》的欢欣，
呵，那闪烁着红纱巾的艰辛岁月呵，
一起化作了
深深的，绵长的柔情……
祖国呵，
我对你的爱多么深沉，
一如这展示着生活含义的纱巾，
那么固执地飞飘在
第二十九个严冬的风雪中，
点染着我那疲乏的
并不年轻的青春。
那悲哀和希望揉和的颜色呵，
那苦涩和甜蜜调成的颜色呵，
那活跃着一代人的生命的颜色呵！
今天，大雪纷纷。
我仍然要向世界

扬起一面小小的旗帜，

一片柔弱的翅膀，

一轮真正的太阳。

我相信，全世界都能

看到它，感觉到它，

因为它和那

插在最高建筑物上的旗帜，

是同样的、同样的

热烈而动人！

我望着伸向遥远的

淡红色的茫茫雪路，

一个孩子似的微笑

悄悄浮上嘴唇：

我正年轻……

我要戴那条

红色的纱巾……

丘树宏

深秋，黄昏的树林里

丘树宏，1957年生于广东，著有诗集《隐河》《永恒的蔚蓝》《以生命的名义》等5部。

深秋的黄昏，我喜欢
在林间的小道上独自徜徉
在这里我常常碰见一个老人
浓荫下他扶着拐杖踽踽而行

带韵的晚风夹着野花在林间轻轻荡漾
吟哦出我早晨匆匆写就的热情的诗行
老人抚摸着那一棵棵苍劲的松树
深情的喃喃流露出孩子般的天真

正午的时候，曾丢失过什么呢？
我叩问着每一片落叶，每一片夕阳
而老人却总在寻觅，透过网一样的树梢
好像在谛听着归鸟每一声欢快的啼鸣

温热的目光我觉着了晚霞的燃烧
橐橐的杖声我感到了生命的喧响
斜倚着老松树我似乎倚着了一个绿色的启迪——
我，是不是太早进入了这深秋的黄昏的树林？

杨 克

我 愿

我愿：我是一棵小树
在赤热的沙漠上
用秀丽的身影
投下一片绿荫
投下生活的憧憬

我愿：我是一棵小树
在贫瘠的山岭上
用年轻的声音
和着微风
歌唱生命的欢欣

对于枯木
我是生命
对于老藤
我是新生
我是衰竭成为过去的宣告
我是未来的象征

杨克，1957年生于广西，现居广州。著有《杨克诗歌集》《陌生的十字路口》等7本诗集以及多种随笔散文集和个人文集。主编有1998—2008各年度《中国新诗年鉴》《〈他们〉10年诗歌选》等。

风沿着我的树梢前进
水沿着我的叶脉上升
如果说绿色便是生命
我能奉献的就是青春

我愿：我是一棵小树
但不愿孤独地玉立亭亭
我不嫉妒参天的乔木
也不鄙夷丛生的野荆
在我身旁
成长着绿色的一群

我愿：我是一棵小树
我骄傲
因为我年青

李 钢

蓝水兵

蓝水兵

你的嗓音纯得发蓝，你的呐喊

带有好多小锯齿

你要把什么锯下来带走

你深深的呼吸

吸进那么多透明的空气

莫非要去冲淡蓝蓝的咸咸的海风

蓝水兵

从海滩上跃起身来

随便撕一张日历揣在裤兜里

举起太平斧砍断你的目光

你漂到海蓝和天蓝中去

挥动你的双鳍鼓一排巨浪

把岸推向远处去

蓝水兵

你这两栖的蓝水兵

蓝水兵

畅泳在你的蓝军服里

隐身在海面的蓝雾里

南海用粤语为你浅浅地唱着

羊城在远方咩咩地叫着

李钢，1951年出生，陕西韩城人，曾在海军南海舰队当兵，现居重庆。著有诗集《蓝水兵》《白玫瑰》《李钢诗选》等，1986年获全国第二届新诗（集）奖。

海啸的唿哨挺粗犷
大阳那家伙的毛胡子怪刺痒
在一派浩浩荡荡的蓝色中
反正你蓝得很独特
蓝水兵
你是蓝鲸

春季过了你就下潜
一直下潜到贝壳中去
谛听海的心音
伸出潜望镜来瞭望整个夏天
你可以仰泳，可以侧泳
可以轻盈地鱼跃过任何海区
如果你高兴
你尽可以展翅飞去

去银河系对你来说
是再容易不过的事了
那场壮观的流星雨
究竟算一次空战还是海战
反正你打得够潇洒的

当天上和海上的潮声平息

当月光流泻如月光曲
你便在月光中睡成一座月光岛

早晨你醒来
在那棵扶桑树上解开你的缆绳
总会将一只金鸟儿惊起
它扑棱棱地扇下几根羽毛
响叮叮落在你的甲板上
世界顿时一片灿烂
在这令人眼花缭乱的光芒中
天开始一个劲地高
海开始一个劲地阔
蓝水兵
你便一个劲地蓝

高洪波

她和他

高洪波，1951年生于内蒙古开鲁。历任《文艺报》新闻部副主任，中国作家协会办公厅副主任，《中国作家》副主编，《诗刊》主编，中国作家协会创联部主任、书记处书记。中国作家协会全国委员会委员，中国作协副主席。著有诗集和散文集多种。

她是那样年轻。
杏核般的亮眼
扫描过教室
像闪动着两颗星星。
柔软的披肩发
瀑布般
散落在肩头
流淌着青春和热情。

他是那样苍老。
岁月的犁
将额头深耕
然后在头顶上
播撒着白发的种子，
唯有一双眼睛
像潭水
映出深沉和稳重。

她是他的师长，
刚毕业的大学生。
他是她的学员，
老资格的小学校长
孩子们心目中的圣明。

她曾是顽皮的女孩儿，
为捉一只同样顽皮的蝴蝶
践踏过花的草坪，
正是他捉住了蝴蝶
递到她的小手中，
顺便，也递去了温和的批评。
够了，这一个镜头
足够她铭记一生！

现在，镜头倏然转换——
他坐在课桌前
一丝不苟地记录
记录她那年轻而自信的论证。
关于荷马、关于但丁，
以及巴尔扎克的高老头
父爱酿成的悲痛……
无论记录和倾听
他的眸子里
都闪亮着喜悦和真诚。

这一切是由衷的，她知道
他绝不是为了
一纸文凭！
尽管有时候
文凭就是学问的力证
更重要的，是
为了一个充实的人生。

他叫她"老师"
她惶惑而又脸红；
她称他"校长"
引出他不安的声明。
一次次的脸红
一次次的声明
终于，这一切
被生活的手固定。

在我们的业余大学里，
她和他的故事
不过是一幕普通的场景。
也许，正因为普通，
才让人回味无穷……

韩作荣

哦，爱情

哦，爱情，我在你的声音中行走
不得不躲避嘴唇和舌尖的伤害
也许，男人只能在七尺之外爱一个女人
用声音扶起她脆弱的名字
过分的熟识便是构筑一座囚牢
爱情该是树上的果子半青半红
当手指将魅力和光芒聚拢
光的背后是手掌隔开的阴影
淳净的爱是一种淡泊与疏离
距离引来哀伤便没有敏锐和纠缠
爱情啊，迫使我把心包上硬壳
大师也曾哀叹裙边的小虫
可我也厌恶手握活鸟的状态
既让它呼吸，又不让它飞走
如果我爱你，我绝不给你一条绳子
捆住你，如引领一个盲者
爱情，其实爱情是折磨人的最佳方式
我怕，常常以手支额
站在爱情的边缘轻轻叹息

韩作荣，1947年出生于黑龙江海伦县，先后在《解放军文艺》《诗刊》《人民文学》等刊物任编辑。著有诗集《玻璃花瓶》《瞬间的野菊》《韩作荣自选诗》等。曾获北京文学奖、首届鲁迅文学奖诗歌奖等多项奖。

谢克强

筑路工外传

在被贫困与动乱切断的路的尽头
他把焦黑滚烫的柏油
一层层喷洒在铺好的石子上
再铺一层石子
这才摘下沾满沥青的手套
重重地抹了把汗水

压路机碾了过来
（以一个民族奋进的速度）
碾过意志与信念铺就的路基
紧张中片刻的安闲
他斜倚在路边的一棵树上
阳光透过浓密的树叶
辉耀有着许多溪流的脊背

突然,他肌肉隆起的臂膀
捧起一张口琴
灼热的风
卷起阵阵金属的音响
与压路机沉重的声音协奏
爱与信心交织着旋律
热与赤诚流溢着声韵
力与速度迸洒的音符——

谢克强,1947年生于湖北黄冈。曾任《长江》编辑,《长江文艺》编辑。著有诗集《放歌山水间》《黑眼睛的少女》《爱的竖琴》《青春雕像》《绿韵》《孤旅》等。

不远处
躺在路旁小憩的师傅
望着他忘情地吹奏
叹息地摇了摇头
他干吗不惬意地躺一躺呢
难道他的腰不酸么

路
随着琴声伸向远方
只有这不断延伸拓宽的路
听懂了他心灵的震颤
（那铁碾撞击石子的节奏
那汗珠砸在沥青上灼热的音响
那车轮与脚步急争的呼唤——）

赵丽宏

江芦的咏叹

一

萧瑟秋风

吹白了我的鬓发

南徙的大雁

匆匆飞上蓝天

江水用发黄的手掌

托起悄然凝结的霜花

该有几多凄楚、怅惘

而我却微笑着

当夜幕降临

便垂下成熟的头颅

继续那青春的梦幻

二

梦是绿色的

梦中的精灵

永远摇曳着蓊郁的秸秆

谁能抹去这绿色呢

谁能剪断这顽强坚韧的思念

即便北风呼号

冰雪把世界封锁得严而又严

赵丽宏，1951年出生，上海市崇明县人。1978年考入华东师范大学中文系。出版有《珊瑚》《生命草》《心画》等30多部作品集。现为上海作协副主席。

在寒冷的泥土之下
绿色的梦仍在蔓延
冻不死割不绝的梦啊
春风一起便挺身而出
扬起我翠绿的旗帜
展开我年轻的臂膀
去拥抱奔腾的大江
抚摸柔情依依的波澜
是的，无论世界如何变迁
我纤弱而有节的心中
永远蕴蓄着，燃烧着
青春和生命的火焰

三

哦，不要笑我腹中空空
用我做一支芦笛吧
我可以为你吹奏欢乐
让百鸟在头顶起舞盘旋
我也能为你吹奏悲哀
笛孔都会变成汨汨泪眼
用不着惊讶感叹
我苦寒中崛起的躯体
迎风而立的身心
品尝过生命的悲欢
吹一曲，再吹一曲
你会想起浩瀚的大江
想起大江边

一群倒下又站起
倒下又站起的不死的好汉

四

与无定的流水为伴
却不是流浪汉
我也是一叶风帆
随风神游海北天南
我也是一只候鸟
振绿羽迎送春秋的替换
我的根在泥土下
我的思恋在大江畔
即便老死
也要用躯体覆盖泥土
把心中的寄托
向地下的子孙叮嘱
没有浮萍的悲哀
没有蒲公英的伤感
世界不会因我而缩小
大江却因为有了我
变得辽阔，变得舒展
变得生机勃勃
变得情意绵绵

五

你漂泊东西的征帆啊

你南来北往的候鸟啊
你远离故土的游子啊
你们，看见了吗
看见我执著的招手了吗
看见我永恒的微笑了吗
假如愿意在我身边停留
我会告诉你们许多许多
关于追求和归宿
关于生死的内涵

孙武军

我的歌

我的歌

是和秋叶

联欢的纺织娘

是从夏日的傍晚

浓浓的叶子里

挤过去的一缕微风

我的歌

是冬天

坚冰底下

咬紧牙关的流水

是春天

骤然从嫩绿的草丛中

回到蓝天的云雀……

世界

不会因为没有我的歌

而失去生命

可我

没有这支歌

就会枯萎得没有一点颜色

我的歌

是昂起头颅

孙武军，1957年出生，浙江舟山人，曾参加第一届青春诗会。作品被选入《青年诗选》《朦胧诗选》《探索诗集》等20余种诗集。有诗歌合集《三棱镜》。

一次次扑打礁石
粉碎又愈合的海浪
是插着一枝箭
也要带着最后一滴血
飞向温暖的大雁

生活
不会因为没有我的歌
而失去光彩
可我
没有这支歌
就会枯萎得没有一点颜色

我的歌
是那个把欢笑
钩在猴皮筋上的女孩
扎着的蝴蝶结
是那个打着太极拳的老人
融化在晨曦的
长髯
我的歌
是母亲给孩子洗澡
撩起的水珠
是留在小伙子唇上
滚烫的气息

人们
不会因为没有我的歌

而感到绝望
可我
没有这支歌
就会枯萎得没有一点颜色

岛 子

地热与青春

通过地热催动的力，萌发
钢针般的锋芒，并且
根据地球的蕴藉与构造
结出无数颗熟稔的松果
像叮叮当当的风铃
大面积浮现紫罗兰的声音，仿佛
森林女神月光下恣肆地歌唱

土地的馈赠并非没有原因
期待从来都不是为了期待
季节在更新中遗弃霉烂与枯萎
大山清冽而芳醇的乳液
汩汩流入幼嫩含血的次生林带
一束束光的红玫瑰抒情地挥洒
缀满每一片白桦、红松、青杨、紫椴

呵！向上的欲望
使慵倦的心灵充满绿素
一切生命之根在逾越禁锢中
获得青春的力量

岛子，原名王敏，1957年出生于山东青岛，1990年于北京师范大学获文学硕士学位。现从事美术学教学、视觉艺术研究、艺术批评及诗歌写作，并策划艺术展览。著有诗集《岛子实验诗选》等。

苏 宏

青春誓言

苏宏，1986年毕业于上海师范大学中文系。著有诗集《蓝潮》《言语》，诗歌合集《在语言内部》等。

青春
雪白的杨花以早春特有的魅力在我们上空
曼舞十八岁的气息
——向远方延伸的道路像修长的手臂
遥指地平线上灿烂的迷茫
切割自然风景
交织年轻人明天的相会地点
我们感到遥远

比红高粱更成熟更辉煌的青春曲
晨雾般缭绕我们鲜红的唇边
那就唱吧唱吧
有沙漠就有成片的
防风林 防风林
我们向往
面对暴风雨和阳光的洗涮
一遍遍合唱
有堤岸就有洪峰把我们黝黑的躯体击响
扩散太阳光轮久久回荡
广场上已经塑造了我们远征的形象
太阳风一再从蓝空喷洒太阳雨
纷纷嘱托在肩上垒起沉重
迷乱的喷水柱开拓了送行背景
北方
北方的河炫耀勇武的男性
荒原作证吧我们也是一片神奇的土地

邵 璞

今天，我们
——写在青年节那天

今天，是青年的节日
过节，一大早大家就跑开了

像孩子一样叠了一排纸船
放它在脸盆里航行
吹一群五颜六色的气球挂满屋顶
又唱起了那支唱不好的歌

真的，我们过节
空气里挤满了欢声笑语
门和窗口开放着笑脸
阳光为我们张灯结彩

心里话瀑布一样奔腾直泄
突然发觉
样子比爸爸还显得老
真不该老低头背单词
一个人躲进黑影里抽烟

邵璞，1983年毕业于复旦大学中文系，作品被选入《朦胧诗选》《鸟是前辈们的脚印》等。

我们有无边无际的希望的田野
有没被踩过的透明的天空和一道彩虹
有一条忠诚的小路和自行车
我们过节，真的
把太阳戴在头上
把月亮留在宿舍
把你和我摄进一张彩色照片
不让她们再走

举起啤酒杯什么也说不出
晶莹的脸蛋红了一片，又红了一片
过去和未来的结晶从眼睛淌了出来
真高兴呵

这个夜晚，今天属于我们
我们是青年
今天我们过节

邹静之

挽　歌

我将在一个秋天的傍晚死去
那是宁静到达的时刻
土地等待成熟的果实
秋天的力量，他的双手可以接收这一切

我将在死去后进入黎明
那是不一样的光芒，清晨
还有人们醒来的不同
我的温热将与阳光相握

我将听到最后的风声和鸡鸣
离开尘世
在秋天什么能够阻止
成熟和决心

邹静之，1952年出生，祖籍江西南昌，现居北京。著有诗集《幡》《邹静之诗选》等，并有大量影视剧本行世。

潞潞

十六岁和中国海陆位置

四种颜色的地球仪
在中国所有的学校里转动着。
海洋涌上十六岁的金沙滩和桦树林，
欧亚大陆、非洲大陆和美洲大陆
在一大群十六岁的黑眼睛里闪光
中国的十六岁把故乡和外祖母的歌谣，
精确地标在大阳升起的经纬度上。

十六岁的年华咀嚼着陌生而枯燥的
地理概念，像咀嚼着诗、橄榄和圆舞曲。
十六岁怀抱着辽远的海平线
和独特的中国季风，
背靠梯级分布的雪峰、松涛和江南雨。
十六岁撒出大把大把的阳光、海鸥和帆，
十六岁在世界每一条航线上试着桨和翅膀，
十六岁挥着红纱巾向童音和安徒生告别，
十六岁自信地宣布对权威和明天的挑战……

昨天的十六岁曾在奴役者的皮鞭下流血，
曾在街头流浪，曾拿起"汉阳造"和"三八"式！
十六岁也曾被乌云遮没
只有喧嚣和疯狂。
今天的十六岁是在课堂和安谧里，

潞潞，原名杨潞生，1956年出生，祖籍山西。1985年毕业于山西大学中文系。著有诗集《肩的雕塑》《携带的花园》《潞潞无题诗》《一行墨水》《潞潞短诗选》（英汉对照）等。

在智力竞赛、《少年文艺》和甜牛奶里，
像中国的海陆位置一样优越。

这是最蔚蓝的层次，涂着天真和晴朗，
是最丰富的层次，嵌满五颜六色的幻想：
健康红润的十六岁，头发乌黑的十六岁，
胸脯饱满，蹦蹦跳跳的十六岁，
就这样，和古老的中国——
一起仰着头，进入了青春期。

李彬勇

生命树

李彬勇，1960年出生于上海，1983年毕业于复旦大学国际政治系。主要作品有合著诗集《城市人》《太阳河》，自选诗集《十四行诗集》《位于天边》等。

假如土地是最痛苦的
那只因为每时每刻，这里
总有鲜嫩的胚芽顽勇拱出

就像伟大的神
使创痛变成绿色
并且是浓浓的注满烫热的浆液的
如同豪放的歌，攀上风的肩膀
跑向四方
于是千古不变的经验告诉人类
什么叫生命
什么才是愿望

为此绿色就具有造型
每一棵树便是种优美的舞蹈
音乐穿行于季节悬挂上季节
为此绿色与绿色之间就存有凝视
敢不敢靠拢，敢不敢说
某个大陆某块天空下
注定萌发着自己独有的子代

一次次举起
就像燃烧的火炬饱满的手臂

因为站位仅属于泥土的选择
珍惜和热爱才归属自己
哪怕站在废墟之上
根须会尽力追求
在一片黑暗、厚实和温暖之中

沉默毕竟是种永恒的财富啊
即使哪天生命被轰隆砍倒
树桩将会留下
这一圆形的散发木香的巨大伤痕
并且不唯是伤痕
每一个成熟的人走到这里
就能沿年轮
辨别出大地的方向

赵　野

1982年10月，第三代人

平静的江水，激情的石头
秋天高远，一切都是真的
他们脸色红润，口齿因为
发现而不清，这是黄昏或黎明
天空飞动渴望独立的蝙蝠
和他们幸福的话语，仿佛
一切都是真的，没有怀疑
没有犹豫，树叶就落下来
这就是他们，胡冬、万夏或赵野们
铁路和长途汽车的革命者
诗歌阴谋家，生活的螺丝钉
还要整整十年，才接受命运
习惯卑微，被机器传送
为五谷的生长感恩、吟唱
并在每个午夜，扪心自问
那一切都是真的？真的！

赵野，1964年出生于四川。1989年参与创办民刊《象罔》，著有诗集《逝者如斯》等。

于 坚

作品第39号

大街拥挤的年代
你一个人去了新疆
到开阔地走走也好
在人群中你其貌不扬
牛仔裤到底牢不牢
现在可以试一试
穿了三年半　还很新
你可还记得那一回
我们讲得那么老实
人们却沉默不语
你从来也不嘲笑我的耳朵
其实你心里清楚
我们一辈子的奋斗
就是想装得像个人
面对某些美丽的女性
我们永远不知所措

于坚，1954年立秋生于昆明，毕业于云南大学。著有诗集《诗六十首》《对一只乌鸦的命名》《于坚的诗》等十余种。2002年获得「华语文学传媒大奖」年度诗人奖。

不明白自己——究竟有多憨
有一个女人来找过我
说你可惜了　凭你那嗓门
完全可以当一个男中音
有时想起你借过我的钱
我也会站在大门口
辨认那些乱糟糟的男子
我知道有一天你会回来
抱着三部中篇一瓶白酒
坐在那把四川藤椅上
演讲两个小时
仿佛全世界都在倾听
有时回头照照自己
心头一阵高兴
后来你不出声地望我一阵
夹着空酒瓶一个人回家

白德成

石头、剪刀、布

我能够覆盖你的坚硬吗
你能戳破我的脆弱吗

伸出手，可能是步步莲花
蜷起手，也可能是暗桩密布
每一次的出手都是一个
无法预料的结局

谁能逃脱命定的劫数
谁能躲避生生相克
并且环环相扣
所有的结局都是下一个猜测

你猜吧，无论你怎么猜
我要出的肯定是：石头／剪刀／布

白德成，男，1954年生人。朝鲜族。1985年被选为河北作协「河北青年诗人协会」主席。现为承德市文联专业作家，任《热河》杂志主编。曾出版诗集《这个世界》《白德成短诗选》。

韩 东

孩子们的合唱

孩子们在合唱
我能分辨出你的声音
我看见那合唱的屋顶
我看见那唯一的儿童的家
然后我看清这将要过去的一天
这是我第一次爱上一个集体

这些不朽的孩子站在那里
没有仇恨也不温柔
他们唱出更广大的声音
就像你那样安静地看着我
我猜想你的声音是实质性的声音

广场上，孩子们交叉跑动
你必将和他们在一起
不为我或者谁的耳朵
永远不对着它们小声地唱
这支歌

韩东，1961年生于南京，1982年毕业于山东大学哲学系。著有诗集《吉祥的老虎》《爸爸在天上看我》等，1990年代以来有多种小说集问世。

李亚伟

硬汉们

我们仍在看着太阳

我们仍在看着月亮

兴奋于这对冒号

我们仍在痛打白天

袭击黑夜

我们这些不安的瓶装烧酒

这群狂奔的高脚杯

我们本来就是

腰间挂着诗篇的豪猪

我们曾九死一生地

走出了大江东去西江月

走出中文系，用头

用牙齿走进了生活的天井，用头

用气功撞开了爱情的大门

我们曾用屈原用骈文

用彼特拉克十四行向女人

劈头盖脸打去

用不明飞行物向她们进攻

朝她们头上砸下一两个校长主任

砸下威胁砸下山盟海誓

逼迫她们掏出藏得很深的爱情

李亚伟，1963年生于重庆市酉阳县，1983年毕业于南充师范学院。著有诗集《豪猪的诗篇》，合集《莽汉·撒娇——李亚伟默默诗选》等。

我们终于骄傲地辍学
把爸爸妈妈朝该死的课本砸去
用悲愤消灭悲愤
用厮混超脱厮混
在白天骄傲地做人之后
就冲进电影院
让银幕反过来看我们
在生活中是什么角色什么角色

我们成了教师
我们把语文教成数学
我们都是猎人
而被狼围猎，因此
朝自己开枪
成为一条悲壮的狼
我们下流地贫穷
我们胡乱而又美丽
提起裙子
我们都是男人
我们这群现代都市中的剑齿虎
这些眼镜蛇啊
我们知道生活不过是绿棋和红棋的冲杀
生活就是太阳和月亮

就是黑人，白人和黄种人
就是矛和盾
就是女人和男人
历史就是一块抹桌布
要擦掉棋盘的输赢
就是花猫和白猫
到了晚上都是黑猫

我们知道我们比书本聪明，可我们
是那么地容易
被我们自己的名字亵渎
被女人遗忘在梦中
我们仅仅是生活的雇佣兵
是爱情的贫农
常常成为自己的情敌
我们不可靠不深沉
我们黑质而白章，触草木尽死
提防我们哪，朋友
我们是不明飞行物
是一封来历不明的情书
一首平常人写的打油诗

我们相互看着对方未老先衰的面孔
就想到我们的生命或许只是一次
没有老婆的探亲期，因此我们
每时每刻都把自己
想象成漂亮女人的丈夫
自认为是她们的佐罗

是自己所在单位的领导

我们尤其相信自己就是最伟大的诗人

相信女朋友是被飞碟抓去的

而不是别的原因离开了我

相信原子弹掉在头上可能打起一个大包

相信不相信

相信自己是一个优秀的黄种人

我说啊

让我们走吧

我们去繁华的大街

去和大街一起匍匐着，吼着

狼似的朝酒馆

去和公路一起勒死大山

去和纤夫一起拉直长江

去和长江一起拖住大海

去看我们宽广的世界

看历史留给我们的荒原

让我们走吧，汉子们

杨 黎

我感到阳光

中午我走在街上
我抬头
看见了阳光

她们是那样的
从上面飘然而下
围绕在一起
我不得不停下脚
打量她们

我还是第一次看见阳光
我举起手
阳光就从我的手上
滑过去
滑向前面

而她们的体态更是
透明。头发轻轻地
飘在阳光下
我不知道
她们是否感受到了阳光

杨黎，1962年出生于四川成都。1986年与周伦佑等创办『非非』。著有诗集《小杨与马丽》等。

这个中午不会过去

她们也不会衰老

我走在阳光下

对每一丝不同的光线

都有不同的感觉

她们还围绕在

前面。阳光照着我们

她们笑着

笑声在我身边振荡

待她们散去之后

阳光依然

照着我

柏 桦

再见 夏天

我用整个夏天向你告别
我的悲怆和诗歌
皱纹劈啪点起
岁月在皱纹中变为勇敢的痛哭

泪水汹涌，燃烧道路
燕子南来北去
证明我们苦难的爱情
晨雨后的坚贞不屈

风迎面扑来，树林倾倒
我散步穿过黑色的草地
穿过干枯的水库
心跳迅速，无言而感动

我来向你告别，夏天
我的痛苦和幸福
曾火热地经历你的温柔
忘却吧、记住吧、再见吧，夏天！

柏桦，1956年生于重庆，毕业于广州外语学院英语系，现为西南交通大学艺术与传播学院中文系教授。著有诗集《表达》《往事》等。

丁 当

经过想象的一个姑娘

我用漂亮的花布
裹住你，尤其是你的脑袋
用一把刀，割断
你清醒又偏执的手臂，谎言
哦，这八月的轻风
无比温柔的举止
绝色的一种表情
令人慵倦、邪恶，呕吐在地板上
这一切已陷入
我想象过的深井中

而你，姑娘，低着头
一只手握着另一只手
一只乳房，优美地，靠近
另一只乳房。这是你的度牒吗

你在想，你冷淡的东西吗
你被迫想的东西吗
你手里的东西呢
你没有的东西呢

正是此刻。该出现的都出现了
想象吞噬我。我没有的东西

丁当，原名丁新民，1962年出生于西安，曾与韩东、于坚共同创办文学团体「他们」。著有诗集《房子》。

你的脑袋，以及上面
四两重的五官，奥妙无穷
我仿制你，驯服你
直至你
枝叶繁茂
一片绿叶的完美
一棵枯树
伐尽所有害人的枝条

我，丁当，一九六二年出生
坐在南京的一张木桌前
在这三页稿纸上
拼命地靠近你，抚摸你
你赤身裸体
从我的想象中走过
我真的伤害了你吗
你真的在呼吸吗

宋 琳

静穆：少女之思

这么一所阳光深邃如哲理的学府
十八岁的浪漫型少女
每日至少有十六小时属于沉思型
雕塑家的神秘手指探出《罗丹艺术论》
触碰那些水草般的眼睫
她们的形体便在明亮的窗子里
固定成悠悠岁月

怀抱烫金巨著一级一级
绕过图书馆的紫色旋梯
她们在一幅钻木取火图前沉默良久
黑发遮盖下的头颅被远古之光所照亮
她们认出
那赤身裸体姓燧人氏的男人和女人
是自己的祖先
但她们安详的五官与古人并不相同
她们是来自今日中国的
浪漫型或相思型的少女
研究解剖学的少女
伟人的大脑回沟那森林幽谷
是怎样诱人的旅游胜地怎样地
令她们彻夜不眠殚思积虑

宋琳，1959年出生于福建厦门，1983年毕业于华东师范大学中文系。1990年代曾在国外居留多年，现为沈阳师范大学中国文化与文学研究所教授。著有诗集《城市人》（合集）、《门厅》《断片与骊歌》《城墙与落日》等。

走廊尽处

爱因斯坦头像永远永远地望着她们

皱纹密布的阡陌下躲藏着深蓝的湖泊

她们就在那里沐浴而出

成为美丽的小水妖聪明过人的小水妖

弹跳于智慧泽畔

而另一个发现镭的女人

总是叫她们崇拜圣母似的虔诚落泪

以至于傍晚时分走出试验棚时

人人的额前都放射出一束束

镭的光芒

这么一群十八岁的少女是最年轻的诸神

她们悄然动容的静穆

为一所深邃的学府又增添无数

大神秘

张 枣

镜 中

只要想起一生中后悔的事
梅花便落了下来
比如看她游泳到河的另一岸
比如登上一株松木梯子
危险的事固然美丽
不如看她骑马归来
面颊温暖，
羞惭。低下头，回答着皇帝
一面镜子永远等候她
让她坐到镜中常坐的地方
望着窗外，只要想起一生中后悔的事
梅花便落满了南山

张枣，1962年出生于湖南长沙，德国图宾根大学文哲博士，现任教于中央民族大学，在国内出版的诗集有《春秋来信》。

陈东东

去大海之路

远处橄榄树和倾斜的海口
在孤庭花和肺形草的节日
港湾的平台像沉重的葡萄园
像林中卧虎和刀锋带血的卷层云猎手
夕阳之下将航船捕获
一只沉思默想的大鸟，从我的记忆里殷红地
滑落

我踏上草地的时候
我的眼里有草根蔓延
我抚摸马背和泥土的时候
我的想象里有大海浮现
这是去大海之路，指向另一片海
不同于钢铁和塔吊的海，不同于恐龙爪子
和鸥鸟从煤烟里掠过的海
这是去大海之路
指向有岛和鱼网的海
被原野和暴风云所重重阻隔的海
我的马群在日光里浮动
在骑手的指引下响亮地飞翔
在羊栖草嶙峋的土地上我们穿行
我周围泛起烟尘的时候
我的手中有夕阳断裂

陈东东，1961年生于上海，1981年开始写诗。是民间诗刊《作品》（1982－1984）、《倾向》（1988－1991）和《南方诗志》（1992－1993）的主要编者。著有诗集《海神的一夜》《明净的部分》等。

萧开愚

春　天

呼唤我，生活！
就像我呼唤你，英勇！
让我这样走下去
春天！庸俗！

为此我憎恨明净的饶舌的智慧。
憎恨伪装的老年人
他比伪装的青年更阴险
把人生，啊，人生，赶进谎言。

爱情给予了多少！
时间不可挽回地流进蜜罐。
它丰富的反面
我私藏的发展的秘密。

痛苦的飞翔。
在绵延的群山中迤逦而行
突然获得解脱。
啊，失足！我要离开。

萧开愚，1960年生于四川省中江县。1986年开始发表诗歌作品，先后出版过《动物园的狂喜》《学习之甜》《萧开愚的诗》和诗文选集《此时此地》。现为河南大学文学院教授。

吉狄马加

自画像

风在黄昏的山岗上悄悄对孩子说话
风走了，远方有一个童话等着它
孩子留下你的名字吧，在这块土地上
因为有一天你会自豪地死去
　　　　　　　　　——题记

我是这片土地上用彝文写下的历史
是一个剪不断脐带的女儿的婴儿
我痛苦的名字
我美丽的名字
我希望的名字
那是一个纺织女人
千百年来孕育着的
一首属于男人的诗

我传统的父亲
是男人中的男人
人们都叫他支呷阿鲁
我不老的母亲
是土地上的歌手
一条深沉的河流
我永恒的情人
是美人中的美人

吉狄马加，彝族，1961年生于四川凉山，毕业于西南民族学院中文系，1982年参加工作。现任青海省副省长。著有诗集《初恋的歌》《一个彝人的梦想》《罗马的太阳》《吉狄马加诗选译》《吉狄马加诗选》《遗忘的词》等。

人们都叫她呷玛阿纽

我是一千次死去
永远朝着左睡的男人
我是一千次死去
永远朝着右睡的女人
我是一千次葬礼开始后
那来自远方的友情
我是一千次葬礼的高潮时
母亲喉头发癫的辅音

这一切虽然都包含了我
其实我是千百年来
正义和邪恶的抗战
其实我是千百年来
爱情和梦幻的儿孙
其实我是千百年来
一次没有完的婚礼
　一切背叛
　　一切忠诚
　一切生
　　一切死
呵，世界，请听我回答
我——是——彝——人

伊 蕾

绿树对暴风雨的渴望

千条万条的狂莽的臂啊,
纵然你必给我损伤的鞭子,
我怎能不仰首迎接你?!
　　迎接你,即使遍体绿叶碎为尘泥!
　　与其完好无损地困守着孤寂,
　　莫如绽破些伤口敞向广宇。

千声万声急骤的嘶鸣啊,
纵然你是必给我震悚的蹄踏,
我又怎能不仰首迎接你?!
　　迎接你,即使遍体绿叶碎为尘泥!
　　与其枯萎时默默地飘零,
　　莫如青春时轰轰烈烈地给你!

伊蕾,女,原名孙桂贞,1951年出生,天津人。著有诗集《爱的火焰》《爱的方式》《单身女人的卧室》《伊蕾爱情诗选》等。

林　雪

这也许就是爱情

我感到你在注视我
从棒树丛的新鲜叶片
我惶惑地躲避你那两束
灼人的热带目光
而日日夜夜无论我想到还是不想
总有两个橄榄枝般温柔的字
催我选择那个一模一样的夜晚
去对你静静说出

一切都来不及发生
这当然得怪我的羞涩
许许多多的期待后你失望了
直到有一天你背起拎包去向远方
生活似乎又重新平静
然而在夏季在有露水的清晨
我习惯了踩湿道路
去看望你的棒树林
我会长久地眺望大路
并清晰地听见自己心里
有什么情感　使沉寂的　二十岁青春
悄然觉醒

林雪，女，1962年生于辽宁抚顺。著有诗集《淡蓝色的星》《在诗歌那边》《蓝色钟情》《大地葵花》等。

翟永明

独　白

我，一个狂想，充满深渊的魅力
偶然被你诞生。泥土和天空
二者合一，你把我叫作女人
并强化了我的身体

我是软得像水的白色羽毛体
你把我捧在手上，我就容纳这个世界
穿着肉体凡胎，在阳光下
我是如此眩目，使你难以置信

我是最温柔最懂事的女人
看穿一切却愿分担一切
渴望一个冬天，一个巨大的黑夜
以心为界，我想握住你的手
但在你的面前我的姿态就是一种惨败

翟永明，女，祖籍河南，1955年生于四川成都。1980年毕业于成都电子科技大学。著有诗集《女人》《在一切玫瑰之上》《翟永明诗集》《终于使我周转不灵》等。

当你走时，我的痛苦
要把我的心从口中呕出
用爱杀死你，这是谁的禁忌？
太阳为全世界升起！我只为了你
以最仇恨的柔情蜜意贯注你全身
从脚至顶，我有我的方式

一片呼救声，灵魂也能伸出手？
大海作为我的血液就能把我
高举到落日脚下，有谁记得我？
但我所记得的，绝不仅仅是一生

唐亚平

一百朵玫瑰

唐亚平，女，1962生于四川通江，1983年毕业于四川大学哲学系。著有诗集《荒蛮月亮》《月亮的表情》《唐亚平诗集》等。

一百个春天的早晨为我哭泣
成为一百个秋天的黄昏
剑是最长的路　一百朵玫瑰也不能安慰坟茔
在你的怀抱里我要沉睡一百个冬天
我是奔跑得疲惫的孩子
只有你能容纳我的梦幻
使我在心跳的节奏中获得安宁

在你的怀抱里我沉睡化为一百个婴儿
在你的怀里和你的胸肌一起拱动吮吸你的体温
我是个痛哭得疲惫的孩子
只有你的吻能吸饮我的泪水
给我以古井般深邃的安谧

在你的怀抱里我要沉睡一百个冬天
化成一百个裸女和一百朵玫瑰
在你的怀里酝酿呛人的烈酒呛人的热血
我是孤独成熟得疲惫的孩子
只有你狂勃的节奏催生我的信心和高傲
我接受力的安慰

海男

给 我

海男，女，1962年出生于云南省永胜县，现就职于《大家》杂志社。著有诗集《风琴与女人》《虚构的玫瑰》《美味关系》等。另著有多种小说散文。

亲爱的，阻止着我的又是什么
二十六岁在你的膝盖休息着我的头颅
在你永不褪色的营地上，我伸出了手
两个杯子足够盛满我的葡萄酒
我是最后一次了，在宽大的衣袍里
用我最后一次的颤抖，烧毁你
你溶成白色的花园，升腾无声无息的影子
意味着这个女人缓慢拖着黑裙
朝你苍郁的门口凝望
从躯体，头发里走来，收容万物
给我。比水晶杯还大的空间
仅仅浸湿双唇还不够。还有漆黑的眼睛
还有晃荡的双臂。还有精神
在同一根骨头上宣谕：我要轻轻地落下
挂在你的窗帘。上帝已走远
你是伫立在我体内的青春
给我。你知道我的需求触犯了什么
假如只剩最后一滴血。因为你将烟雾
弥漫我的共鸣：我的睡眠毗连你的床
你的孤独在灵魂中的那片死寂
我是一个奇怪的女人。是一个认知的人
我摘去你的戒指和树叶
给我。我知道。那里已血水狼籍

张 真

橡胶林是缄默的

你肯定感觉到了
当天空蔚蓝地
流进枝缝和眼睛
目光不再喑哑
乳胶不再凝结

我要一遍一遍地倾听
阳光抚摸落叶的声音
就从这里陷下去
深厚，而且宁静

处女般纯洁的伤口
缄默地捍卫着自己
听呵听呵

张真，1962年生于上海。1980年入复旦大学新闻系就读，1983年结婚后移居瑞典，现任教于纽约大学艺术学院电影研究系。

陆忆敏

美国妇女杂志

从此窗望出去
你知道，应有尽有
无花的树下，你看看
那群生动的人

把发辫绕上右鬓的
把头发披覆脸颊的
目光板直的、或讥诮的女士
你认认那群人，一个一个

谁曾经是我
谁是我的一天，一个秋天的日子
谁是我的一个春天和几个春天
谁？曾经是我

我们不时地倒向尘埃或奔来奔去
挟着词典，翻到死亡这一页
我们剪贴这个词，刺绣这个字眼
拆开它的九个笔划又装上

人们看着这场忙碌
看了几个世纪了
他们夸我们干得好，勇敢、镇定

陆忆敏，女，1962年出生于上海，上海师范大学中文系毕业。作品入选《新诗潮诗集》《中国当代实验诗选》《灯心绒幸福的舞蹈》《苹果上的豹》《后朦胧诗全集》等。

他们就这样描述

你认认那群人
谁曾经是我
我站在你跟前
已洗手不干

潘洗尘

六月 我们看海去

潘洗尘，1964年出生于黑龙江省肇源县。1986年毕业于哈尔滨师范大学中文系。有诗作入选多种杂志。现为天问文化传播机构董事长。

看海去看海去没有驼铃我们也要去远方
小雨噼噼啪啪打在我们的身上和脸上
像小时候外婆絮絮叨叨的叮咛我们早已遗忘
大海啊大海离我们遥远遥远该有多么遥远
可我们今天已不再属于幼稚属于单纯属于幻想

我们一群群五颜六色风风火火我们年轻
精力旺盛总喜欢一天到晚欢欢乐乐匆匆忙忙
像一台机器迂回于教室图书馆食堂我们和知识苦恋
有时对着脏衣服我们也嘻嘻哈哈发泄淡淡的忧伤

常常我们登上阳台眺望远方也把六月眺望
风撩起我们的长发像一曲《蓝色的多瑙河》飘飘荡荡
我们我们我们相信自己的脚步就像相信天空啊
尽管生在北方的田野影集里也要有大海的喧响

六月 看海去看海去我们看海去
我们要枕着沙滩也让沙滩多情地抚摸我们赤裸的情感
让那海天无边的苍茫回映我们心灵的空旷
捡拾一颗颗不知是丢失还是扔掉的贝壳我们高高兴兴
再把它们一颗颗串起也串起我们闪光的向往

我们我们我们是一群东奔西闯狂妄自信的探险家呵

总以为生下来就经受过考验经受过风霜
长大了不信神不信鬼甚至不相信我们有太多的幼稚
我们我们我们就是不愿意停留在生活的坐标轴上

六月是我们的季节很久我们就期待我们期待了很久
看海去看海去没有驼铃我们也要去远方

梁 平

树的绿

梁平，1955年生于重庆，著有《梁平诗选》等诗集，现为四川省作家协会副主席、《星星》诗刊执行主编。

一棵神秘树
由于初夏的鼓舞自由自在地
绿了……
（种子是埋在五月的
多情的五月
已成为幸福的植树节）

神秘果
遗落在一块未曾命名的土地上
不再神秘不再神秘，是吗
这里不完全是不幸
这里不仅仅有悲伤

偏要结果
偏要结果在不到结果的季节
早早地宣泄自己的成熟
树是有错的了
果是有错的了
(五月也有错
土地也有错)

其实
要绿就疯狂地绿一次吧

年轻而且漂亮

温柔而且痴狂

让风无缘无故地产生嫉妒

反正是错

反正是错

车前子

舞　蹈

跳跃的女孩子，跳跃的女孩子

鹅毛在歌声里舞蹈

跳跃的女孩子

盐粒一样溶解于水中

蓝色的墙壁上日光清脆

跳跃的女孩子，手拉着手，围成

一个圆圈，像大气包裹着地球

一些草木也感到温柔

跳跃的女孩子，不知疲倦

我走过去

搬了许多椅子

在上面放上有淡黄条纹的坐垫

跳跃的女孩子，手拉着手，像从

一个花苞上，舒展开花瓣

车前子，原名顾盼，又名老车。1963年春生于江苏苏州，1998年初在北京居住至今。出版有诗集《纸梯》《怀抱公鸡的素食者》等。

王家新

秋叶红了（选第一节）

绚烂的夏日！青春的骄傲和痛苦
——每一个热望所绽放的翠绿呢
风从林子上撒下的果实累累的欢笑呢
也许，只有默默生长的年轮是真实的

哦，需要太阳，需要霜打
更需要全部的磨难、代价和生活
才能完成这一枚小小的朴素的红叶吗

于是我看到树林落下绿色的风帆
走过来，像一尊尊沉思默想的神
眼睛！那是嵌进树干里的岁月的伤痕
　竟也在这时变成眼睛
睁大点，再睁大点，——这就叫觉醒

真的，为什么悲伤呢？谁都感到了
一团超越一切的净火即将腾起
只要不曾霉掉的心正透出秋叶的深红
只要你觉醒过来的爱还在渴望着燃烧

那么，付出的一切代价都是值得的
秋天的树叶呵，你就愈来愈炽热地
召唤那些不甘打败的人吧

王家新，1957年出生于湖北丹江口，1977年考入武汉大学中文系，现任职于中国人民大学文学院。著有诗集《纪念》《游动悬崖》《王家新的诗》等。

贝 岭

太阳歌手

贝岭，1959年生于上海，曾参与创办《一行》，现为纽约图书馆驻馆作家（首位华人）。

初秋的黄昏

人们从残阳如血的台阶上走来

男人、女人

男人和女人

闲暇或者来去匆匆

街道上

广告和水手的海魂衫

吉他歌手如泣如诉

他们唱遍了整个夏天

他们嘶哑喉咙

唱到深秋唱到阔叶垂落

他们在守候

孤独地守候苦苦地守候

人群颤动人群停住脚步

这季节是一条分界线

河流和沼泽地也是一条分界线

他们歌声撩人

他们的歌声凄凉悲壮

那些歌手那些太阳歌手

固执地应验永远地应验

二十世纪的凄风苦雨后面

必定还有一场大雪

一场厚厚的大雪
人群敞开窗口
人群涌到外面
人群将和歌手一起高唱
弹奏着吉他高唱
二十世纪的所有恐惧
将在一片歌声中摇曳

这是宣告
在所有的声音里
这是歌手的声音
是从胸腔产生
并从喉咙深处发出的声音
是充沛的溢满柔情的声音
听着：裸露着阳光和空气的地方
也裸露着我
裸露着生长的震荡

深秋的黄昏
歌手的身影掠过大地
他们的心和太阳的光影叠在一起
他们将和太阳一起
公布二十世纪的所有秘密

张小波

多梦时节

张小波，1964年出生于江苏省如皋市，1980年考入华东师范大学。曾有诗歌合集《城市人》出版。现居北京，为图书策划人和出版人。

二十岁是我们的多梦时节

图书馆前的环形石阶
升起我们
遥远有一个火红的夏令营之夜
曾经幻想水兵服
岩层上的石锚之谜和南方的岸
咔咔咔咔走向港口
再一次停泊已经二十岁了

二十岁是我们的多梦时节

我们想了很多
在暖色调的阅览大厅
默默思索艺术和哲学
以及一个登山队员的传闻
登山靴是沉重的
我们没有
真希望太阳和风暴从双肩诞生
让笔记涂满积雪
涂满临别赠言和运行车队

二十岁是我们的多梦时节

许多人先走了
波动的身影连成一群浅浮雕
每一次出发都能抵达吗
抵达野外堆放井架的帐篷
抵达黄昏无人知晓的津渡
以及其他
谁都想成为传奇式的雪地英雄
留下深深浅浅的足迹
让后来者惊愕

二十岁是我们的多梦时节

我们走过一级级不规则的石阶
没有人想到回头望望
总想远离城市
也许异地没有图书馆
没有示意线和玻璃转门
悄悄分割记忆
无边无际的寂寞吞噬群山和落日
那么，让我们聚集起来
骚动起来
登山者在马蹄形山谷里
留下一根预备雪杖
我们将庄严地接过
探险于一个盛产黄金的世界

挥挥手
我们告别多梦时节

杨晓民

幻

飞吧，小小的山梁上

在五月，把麦子吹黄，把笛眼吹涨

小小的风，清扫油伞上的飞絮

挂在幼年的泪花

像蝈蝈一样

在背阴的墙角下枯叫，相约依旧

多少人奔赴幸福

怀着比盲童的梦，比七月的刺芒还尖的愿望

飞吧，低低的山谷

泥蝉、蟋蟀与夏日里跳动的野火

还有妹妹墓地上的雨丝

在淡漠的秋风中倾诉

飞吧飞吧，涓涓的溪流

泉水里一双变幻的眼睛

似落叶，更似浮云

轻轻吹动的月光呵，我热爱的人永远说：不

杨晓民，1966年生，河南省固始县人，现居北京，著有诗集《羞涩》。

郁 葱

年 轻

空旷的博物馆多么年轻，
飞翔的感觉多么年轻，
你所叙述的紫竹和玉兰多么年轻，
诗、哲学和书籍多么年轻。

那首老歌多么年轻，
树木和它的名字多么年轻，
电话中繁絮的抒情多么年轻，
时间多么年轻。

对视与站台多么年轻，
没有声音的对话多么年轻，
睡梦和睡梦中的呓语多么年轻，
想象和疼爱多么年轻。

沉沉的阴雨多么年轻，
孤独时的轻吟多么年轻，
撕裂的痛多么年轻，
我们使用过的词汇多么年轻。

许多年之后，
你面对的和我面对的，
多么年轻?

郁葱，原名李丛。生于1956年，现居河北省石家庄市。《诗选刊》杂志主编、编审。著有诗集《自由之梦》《最爱》《郁葱抒情诗》等。

简 宁

二十四岁生日想起韩波

我的情人是风

是沙滩后的玉米地里

又大又圆照亮穗花的月亮

一条沾满泥泞的小路

窜出黑压压吵闹的人群

踏破海岸线，它的狂吠

唤起波涛一阵又一阵浩荡

二十四岁的韩波躺在非洲的沙漠上

漂游的醉舟还在漂游

穿过地狱的一季

头饰鹰羽裸体奔跑的土人

从蛮荒时代的丛林里射出的一箭

遗落的箭镞躺在沙漠上

弯曲着枯瘦的红红的身体

犹如一截舌头

舔着非洲的太阳

简宁，原名叶流传，1963年出生，安徽省潜山县人。1984年毕业于中国科技大学，1991年毕业于鲁迅文学院研究生班。著有诗集《简宁的诗》等。

唐 欣

给快毕业的伙伴们

唐欣，1962年生，西安人，2004年于兰州大学获文学博士学位，现居北京。著有诗集《在雨中奔跑》。

是摊牌的时候了

摘掉手套　　哭也好笑也罢

这算不得最后的下场

城市诱惑你们又遗弃你们

毁灭你们又创造你们

不难想象

明天的食堂将空空荡荡

我留在教室第九排

前途未卜　　像隐居的侠客

谁来陪我喝酒

谁来陪我喝酒

在以前　　我跑过不少地方

祖国很辽阔

人民很善良

无所谓故土　　到处都是故土

最坏的情况也可以流浪

别让自己给绊倒

要以优美的姿势

跨越那墙

该忘记的忘记

该原谅的原谅

时间要比黄河更有威力

爱情也不是不可战胜

去吧我说　　这段贫穷的日子

大家玩得不怎么样

海 子

祖国（或以梦为马）

我要做远方的忠诚的儿子
和物质的短暂情人
和所有以梦为马的诗人一样
我不得不和烈士和小丑走在同一道路上

万人都要将火熄灭　我一人独将此火高高举起
此火为大　开花落英于神圣的祖国
和所有以梦为马的诗人一样
我借此火得度一生的茫茫黑夜

此火为大　祖国的语言和乱石投筑的梁山城寨
以梦为土的敦煌——那七月也会寒冷的骨骼
如雪白的柴和坚硬的条条白雪　横放在众神之山
和所有以梦为马的诗人一样
我投入此火　这三者是囚禁我的灯盏　吐出光辉

万人都要从我刀口走过　去建筑祖国的语言
我甘愿一切从头开始
和所以以梦为马的诗人一样
我也愿将牢底坐穿

众神创造物中只有我最易朽　带着不可抗拒的
　　死亡的速度

海子，原名查海生，1964年生于安徽省安庆市。1979年考入北京大学法律系，大毕业后至中国政法大学工作，1989年3月26日在山海关卧轨自杀。身后有《海子的诗》《海子诗全编》等诗集问世。

只有粮食是我珍爱　我将她紧紧抱住　抱住她
　　在故乡生儿育女
和所有以梦为马的诗人一样
我也愿将自己埋葬在四周高高的山上　守望平静的家园

面对大河我无限惭愧
我年华虚度　空有一身疲倦
和所有以梦为马的诗人一样
岁月易逝　一滴不剩　水滴中有一匹马儿一命归天

千年后如若我再生于祖国的河岸
千年后我再次拥有中国的稻田　和周天子的雪山
　　天马踢踏
和所有以梦为马的诗人一样
我选择永恒的事业

我的事业　就是要成为太阳的一生
他从古至今——"日"——他无比辉煌无比光明
和所有以梦为马的诗人一样
最后我被黄昏的众神抬入不朽的太阳

太阳是我的名字
太阳是我的一生
太阳的山顶埋葬　诗歌的尸体——千年王国和我
骑着五千年凤凰和名字叫"马"的龙——我必将
　　失败
但诗歌本身以太阳必将胜利

西 川

广场上的落日

那西沉的永远是同一颗太阳

　　　　　　——古希腊诗行

青春焕发的彼得，我要请你
看看这广场上的落日
我要请你做一回中国人
看看落日，看看落日下的山河

山崖和流水上空的落日
已经很大，已经很红，已经很圆
巨大的夜已经凝聚到
灰色水泥地的方形广场上

这广场是我祖国的心脏
那些广场上自由走动的人
像失明的蝙蝠
感知到夜色临降

热爱生活的彼得，你走遍了世界
你可知夜色是一首哀伤的诗
能看懂落日的人
已将它无数次书写在方形广场

西川，原名刘军，生于1963年，江苏徐州人，1985年毕业于北京大学英文系。著有诗集《虚构的家谱》《大意如此》《西川的诗》等。

而那广场两边的落日
正照着深红色的古代宫墙
忧郁的琴声刮过墙去
广场上走失了喝啤酒的歌王

我要给落日谱一首新歌
让那些被记忆打晕的姐妹们恰似
向日葵般转动她们的金黄的面孔
我的谣曲就从她们的面孔上掠过

啊，年轻的彼得，我要请你
看看这广场上的落日
喝一杯啤酒，我要请你
看看落日，看看落日下的山河

骆一禾

先　锋

世界说需要燃烧
他燃烧着
像导火的绒绳
生命属于人只有一次
当然不会有
凤凰的再生……

在春天到来的时候
他就在长空下
最后一场雪……
明日里
就有那大树的常青
母亲般夏日的雨声

我们一定要安详地
对心爱的谈起爱
我们一定要从容地
向光荣者说到光荣

骆一禾（1961～1989），北京人，1984年自北京大学中文系毕业后至《十月》杂志社工作。著有诗集《纪念》《世界的血》《骆一禾诗全编》等。

戈 麦

青年十诫

不要走向宽广的事业
不要向恶的势力低头
不要向世界索求赐予
不要给后世带来光明
不要让生命成为欲望的毒品
不要叫得太响
不要在死亡的方向上茁壮成长
不要睡梦直到天亮
要为生存而斗争
让青春战胜肉体，战胜死亡

戈麦（1967~1991），原名褚福军，1967年生于黑龙江省萝北县。1989年自北京大学中文系毕业后至北京《中国文学》杂志社工作，1991年9月24日自沉于北京西郊万泉河。著有诗集《彗星》《戈麦诗全编》等。

大 仙

镜子的斑点
——献给阿珍及一个夏天

大仙，原名王俊，1959年出生，北京人，1984年与黑大春等人成立圆明园诗社，著有诗集《再度辉煌》。

看见天空在河流之中成为一簇新岸
我洁白的季节在一面黑旗上飘扬
像正午的火烈鸟穿过云层
我的歌声在山的后面响起

当死亡的手从我的衣袖中伸出
含有鸦片的青草被蝗虫们点燃
我的心被张弓射向一口深井
在不远处有一株薰衣草染香你的名字

哦，阿珍，当我随一群燕子潜入你的林园
那些褐色精巧的松针刺在你的草莓上
八月之外，是第一滴雨的夏天
是一股贝叶水流向你的裙子
看那阳光中的三角形草地被你编成蒲席
和我，我的歌声被你的光阴润湿
和最先流过大地的是你的泪水
和我八月之晨横陈于空中的影子
而在我的水文系和星座图上
你的兰桨划出弧形的虹雨
沿着夏季的中心和太阳垂直的角度
你将洒满花粉的水果丢进我的篮子

哦，阿珍，我终于一睹你一汪水果色的眼睛
七月的红色鸡心，八月的硫磺色烟草
九月的柠檬和十月高挂在橄榄树上的空心桃
我的赤脚轻轻踩响你摘下的每一片叶子
你白皙的手把我的歌声带向最高的风里

通向那片玫瑰林
在香椿和沙地柏的对话中
你等待我的歌声
等待我又一次把风折成一只蝴蝶
和夏天背后的旱季，杯子倒扣于远方的烟中
你的嘴唇潮湿地抵住中午一点钟的语言
而我，从我的歌声中轻吐出你番石榴的芳香

我是歌手，唯一在时间的底座上吟唱的歌手
你是美女，唯一在零的时间中抚摸我的美女
在八月之外，在第一滴雨的夏天
我和你端坐在镜子的斑点中合唱

小 君

去青春的麦田

我要到青青的麦田里去
我要四处走一走
提着结实的小篮子
天热了
就会有风吹来

如果你能看见我
一定会觉得高兴
轻轻地笑得很舒服

我愿意这样
为了劳动和思念你
变得消瘦
晒得皮肤黑黑的

等我变成了真正的妇人
成了妈妈，成了老奶奶
你还能记得
那时我的脸很红
那时我真可爱

小君，女，1962年出生，「他们」文学社成员。作品曾选入《后朦胧诗全集》等。

马 莉

你，我亲爱的小树林

是那个只有风的夏天——

我提着小木桶，迈出门
向生命与死亡呼唤的
地方飞奔
小树林呵
我来看望你
你又一次以无花的骄傲
不结果的矜持
向我投来一片热情
呵，我亲爱的小树林……

我离开你了，我伤透心
只是不愿母亲看见
一双红肿的眼睛

失眠像闪电横过我的心
那片喘息着颤栗着的小树林
你的土地干裂了
你的叶子枯萎了
我多想痛苦地抓住你的手
多想向你的方向呼唤
我呼唤我的小——树——林

马莉，女，1959年生于广东省湛江市，1978年入中山大学中文系读书，现任职于《南方周末》。著有诗集《白手帕》《杯子与手》《马莉诗选》《金色十四行》等。

然而，我听不清
只能继续默默地摸索
在心的远方
爬行……

分别之后
我成长了
我知道，我的心
　　　是一片小树林

没有月亮的路上
我就是我的月亮
没有星星的天空
我就是我的星星
只是，那属于我的梦中的小树林呢
那给我以思索并期待着我的小树林呢
我曾为它的骄傲而三倍
　　骄傲的小树林呢
我曾为它的痛苦而三倍
　　痛苦的小树林呢
我的小——树——林——呵
我在拾着
拾着风留下的你的身影

想起你

我就想起我自己

　　　我的父亲

　　　我的爱人

　　　我和人们的友情

纵然有一天我失去整个世界

亲爱的小树林

你永远站在我心的原野上

那一片土地属于你

我亲爱的小树林

是那个只有风的夏天……

代 薇

早 晨

在乡间醒来是多么美妙的事情
阳光照射进来
像一杯刚刚挤出来的泛着泡沫的牛奶
还带着牛棚和干草的气味
睡衣的颜色
身体像镂空的花边一般单纯
正如我对你的想念
它已没有欲望
我会想念你
但我不再爱你

代薇，1964年生于四川，现居南京，著有《随手写下》《代薇诗季》等诗集。

王　寅

华尔特·惠特曼

他正在我的前院劈柴

他应该有声响

就像阳光那样

我得眯起眼睛看他

他应该有声响

不是含糊地咀嚼一片烟叶

或者蝴蝶

调羹或者碟子

落在路易斯安那州的某一棵橡树下

他应该有声响

劈柴最好

他应该有声响

站在我的前院劈柴叮叮当当

就像阳光那样

洁白而且傲慢

我们都眯起眼睛看他

王寅，1962年生于上海，现任职于《南方周末》。著有诗集《王寅诗选》。

默 默

现 实

像一根消毒针面对病恹恹的悬崖
我面对你，还能做什么？
像一棵战火硝烟中感伤的橄榄树
我面对朋友们还能做什么？
像冰雪封盖忧郁的潮讯
我面对四周还能做什么？
像漫长雨季中的一朵云
我徒劳地蔚蓝
为世界，我徒劳地活着

我满怀爱心长大成人
还爱着什么呢

活着就要活下去
我要生机盎然地活下去
活了就要活下去
我要平平静静地活下去
直到有手轻轻地
终于来摘走呼吸的最后花朵

默默，「第三代诗歌」代表诗人，1964年生于上海。著有长诗《在中国长大》、诗歌合集《莽汉·撒娇——李亚伟默默诗选》等。

梁晓明

少　年

我伤心的时候一定有许多人在伤心

我醒的时候却很少有人醒着
我现在像一棵树一样
我在等待
我到现在还没有开花
那是因为季节还没有到来

一片叶子是一个故事
一棵树的寂寞是一个人的寂寞

哲学我认为是一块石头
最好的智慧是掌握天空

思想能像水一样地流动是很美的

梁晓明，1963年生于上海，1981年开始写诗。1987年与友人一起创办中国先锋诗歌刊物《北回归线》。曾获《人民文学》诗歌奖。现居杭州。

生活能像玻璃一样透明是很迷人的

历史在我灵魂里像一块土地
我所有的思想生出来都有关于历史
阳光很早就流进了我的血里

这以后，只要是白天
我就想生长
我身后留下的脚印像草在生长
我如果能活到秋天
我的身体一定会像菊花一样开放

我的一切都是香喷喷的

郁 郁

我心中的宗教景观

这么多年，这么多女子
这么多悄悄滋养的珍珠

我蚌一样的心情
终于像一个婴儿的四肢
舒展在这个愈来愈令人心疼的世界

世界的俗气在不知不觉中
成为我们脑袋里最后一根生锈的发条

手指已无法弹去睫毛上的压迫
就像推开了伤心的过去
我依旧生活在你们中间

风，常常穿梭在我的骨髓里

郁郁，本名郁修业。1961年生于上海宝山。曾创办文学同仁刊物《MOURNER》（送葬者）、主编大型诗刊《大陆》。「海上诗群」主要成员。

始终的寒心是因为我一次次的激情
是你们哈欠背后的无所谓

就像我贡献了气氛，却
独自感叹在自作多情的活该

这么多年，这么多朋友
这么多渐渐无望的爱情的宗教
全都成了我一个人的内心景观

夜晚，我游览自己确定的墓地
在宁静的冬雨中
我仍然能听见你们的步履
和我一起走向无知的年年月月

张子选

西北偏西

西北偏西
一个我去过的地方
没有高粱没有高粱没有高粱
羊群啃食石头上的阳光
我和一个牧人相互拍了拍肩膀
又拍了拍肩膀
走了很远才发现自己还是转过头去回望
心里一阵迷惘
天空中飘满了老鹰们的翅膀
提起西北偏西
我时常满面泪光

张子选，1962年出生于云南，祖籍辽宁抚顺。从事过多种职业，现供职于中国妇女杂志社。著有诗集《阿克塞系列组诗》《红了马唇，绿了伤心》等。

马永波

题少女画像

看着你时你已长大成人
声音摸着圆圆的水罐
明天即将下雪
你早已离开此地

看着你时你已在远方
在田里愉快地劳动
麦穗在八月贴在你的腰间
儿女们高高大大
岛上的树一直在等你
岸上的船一直在等你
你的声音依然，像雪片落在罐子里

二十年你一定遭遇了很多
我知道你一定认不出我
我在早晨你在黄昏
窖里的酒桶受潮了
你已走出很远，一直走向海洋

在你的目光后我会写上什么呢
你前面的玻璃毛茸茸的
我要带着它去找你
模糊地想着
岛上的笑声和迎面走来的孩子

马永波，1964年生于黑龙江伊春。1986年毕业于西安交通大学计算机系，至今发表诗歌、评论及翻译作品共七百余万字，并有多种译著出版。

黑大春

秋日咏叹

我醉意朦胧地游荡在秋日的荒原
带着一种恍若隔世的惆怅和慵倦
仿佛最后一次聆听漫山遍野的金菊的号声了
哦！丝绸般宁静的午后，米酿的乡愁

原始的清淳的古中华已永远逝去
我不再会赤着脚返回大泽的往昔
在太阳这座辉煌的寺庙前在秋虫的祷告声中
我衔着一枚草叶，合上了眺望前世的眼睛

故国呵！我只好紧紧依恋你残存的田园
我难分难舍地蜷缩在你午梦的琥珀里面
当远处的湖面偶尔传来几声割裂缭绕的凄呖
那是一种名贵的山喜鹊呵！它们翎羽幽蓝

到了饮尽菊花酒上路的时候了
那棵梧桐像送别的友人站在夕阳边
再次回过头：稀疏的林间光线微黄
风正轻抚着我遗忘在树枝上的黑色绸衫

黑大春，原名庞春清，祖籍山东，1960年清明生于北京，出版的诗集有《圆明园酒鬼》《食指·黑大春抒情诗合集》等。

侯 马

凝望雪的傅琼

雪沿着时间的缝隙飘落　　没有声音
傅琼站在小泥屋门口　　站在雪中

雪踮着脚尖沿着电线沿着树枝
沿着田野　　把道路踩肿了

傅琼把一片雪花接在手中
许多雪花把傅琼抱在怀里

这时候　　雪光取代了天光波光
甚至傅琼在小泥屋点的烛光

可是　　你把万籁怎样
也不能遮住傅琼明亮的双眸

于是傅琼向雪凝望　　同时
雪也摆出同样的冷漠朝傅琼凝望

她们相互估量　　相互仇视　　甚至爱慕
两种温柔的对视

侯马，1967年12月出生于山西省新绛县，曲沃县东扬村人。先后就读于北京师范大学中文系和北京大学法律系。现居北京。著有诗集《顺便吻一下》《精神病院的花园》《他手记》等。

第五辑

1990年代

（1990.1—1999.12）

不可阻止的青春正远远逝去

一代人只剩下一个背影和几本书

——陈朝华《感伤》

郑单衣

青 春

郑单衣，1963年生于四川自贡，1985年毕业于西南师范大学化学系，大学期间开始写诗。现居香港。著有诗集《夏天的翅膀》。

啊，青春
你过早地搅乱了我的心
过早地
让我闻到昏迷的硫磺

啊，美酒
你过早地灌醉了火车的肺
过早地
让我在飞驰的车头眺望

啊，疯狂的女人
你们头脑里溶解了太多的盐
过早地
过早地让我粉碎了膝盖！

啊，未来的动荡之海
我曾奋力投身的梦幻之海
让我
让我用眼泪把你排干

啊，住嘴吧，命运！
别再对我说灵魂是
宝石

宝石损害了我的健康

啊，受惊的火红之马
别再诱惑我了
难道
难道还不够吗？

啊，骑士，骑士！
亮出你的手掌让我细察
过早地
我过早地——抛下了青春

黄灿然

春 天

春天，十指的关节发响，
林中的鸟儿也说："我们又过了一年。"
钻土机深入地层，
根，勾起了对叶的怀念。

春天。山岳纹丝不动，
湖水扛起自己的脸，照见白云的污点，
耕地隐隐发出我要抽芽的暗示，
春天，嘴唇想起了去年。

爱情也隐隐作痛，心
开了又合，回忆又忘记，
春天的毛发如草，
春天的气息如泥。
春天的枝叶高高在上，
招呼远方、远景、远行人，
春天的容貌如花似玉
春天，死去的人儿想起幸福的人们。

在雨的作用下，春天的空气
开始有了模糊而潮湿的感觉，
春天的声音回到过去，故乡
就在它抵达的时刻改变了颜色。

黄灿然，1963年生于福建泉州，1978年移居香港，1988年毕业于广州暨南大学，现任职于香港《大公报》。著有诗集《十年诗选》《世界的隐喻》和《游泳池畔的冥想》等。另有译著多种。

春天的白昼多么软弱，
春天的阳光飘忽而过，
春天，诗人想起苍茫的祖国，
爱情的回忆宛如树影的婆娑。

在花草的感动下，春天的纤足
开始走出妙龄少女的轻盈步履，
春天的红装鲜艳夺目，绿野
就在它经过的时候发出轻微的叹息。

春天的寂寞不为人知，
春天的孤独贯穿道路，
春天，流浪者想起荒凉的家园，
慈母的形象在心中仿佛一片迷雾。

饮罢早晨的白色乳汁，
躺在下午的吊床上消磨时光，
春天慵懒的身躯催人入眠，
春天温顺的双手滑进梦乡——

春天，十指的关节发响。

叶 舟

夏 日

现在我可以坐在田埂上
让夏日的阳光
晒深自己的皮肤
我肯定在广阔的国土之上
这种劳动后的疲倦
是多么及时
阳光一浪一浪打在
这些绿色植物身上
闪闪发光
我不知道此时是否
有路人经过
将我也远远看成一株植物
或是玉米
或是向日葵
但我意识到自己正年轻
正需要阳光一点一滴
晒透我的皮肤
　　（像土地那样）
等秋天到来了
在微风习习的打麦场上
我手捧一束高粱
遍体金黄

叶舟，原名叶洲，1966年生于兰州，西北师范大学中文系毕业。著有诗文集《大敦煌》、诗歌小说集《第八个是铜像》、诗集《练习曲》等。

陈 超

我看见转世的桃花五种

一

桃花刚刚整理好衣冠，就面临了死亡。
四月的歌手，血液如此浅淡。
但桃花的骨骸比泥沙高一些，
它死过之后，就不会再死。
古老东方的隐喻。这是预料之中的事。
年轻，孤傲，无辜地躺下。
干净的青春，在死亡中铺成风暴。

二

如果桃花是美人，我愿意试试运气。
她掀起粉红的衣衫，一直袒裼到轻盈的骨骼。
我目光焚烧，震动，像榴霰弹般矜持——
在最后时刻爆炸！裸体的桃花重又升起
挂在树梢。和我年轻的血液融为一体。
但这一切真正的快乐，是我去天国途中的事。

三

我离开桃林回家睡觉的时候，
园丁正将满地的落英收拾干净。

陈超，1958年生于山西省太原市。现为河北师范大学文学院教授，河北省作家协会副主席。著有诗集《热爱，是的》等，并有诗学论著和编著多部出版。

青春的我一腔抱负，意兴遄飞，
沉浸在虚构给予的快乐中。
我离开床榻重返桃林的时候，
泥土又被落英的血浸红。千年重叠的风景。
噢，我噙着古老的泪水，羞愧的，凛冽的。
看见喑哑的桃花在自己的失败中歌唱。

四

唉，我让你们转世，剔净他们的灰尘。
风中的少女，两个月像一生那么沧桑。
木头的吉兆，组成"桃"。一个汉字，或伤心。
铺天盖地的死亡，交给四月。
让四月骄傲，进入隐喻之疼。
难道红尘的塔楼上，不该供奉你的灵魂？
你的躯体如此细薄，可心儿却在砺石中奔跑。

五

五月，大地收留了失败，
太阳在我发烧的额头打铁。
埋葬桃花的大地
使我开始热爱一种斗争的生活！

乌托邦最后的守护者——
在离心中写作的老式人物，
你们来不及悔恨，来不及原谅自己；
虚构的爱情使你们又一次去捐躯。

而这是预料之中的事：
桃花刚刚整理好衣冠，就面临了死亡；
为了理想它乐于再次去死，
这同样是预料之中的事。

伊 沙

感恩的酒鬼

一个酒鬼
在呕吐　在城市
傍晚的霞光中呕吐
大吐不止　那模样
像是放声歌唱
他吐出了他的胆汁
我在下班回家的路上
驻足　目击了这一幕
忽然非常感动
我想每个人都有其独特的
对生活的感恩方式

伊沙，原名吴文健，1966年生于中国四川省成都市，在西安成长，1989年毕业于北京师范大学中文系，现居西安。著有诗集《饿死诗人》《野种之歌》《我终于理解了你的拒绝》《伊沙诗选》《我的英雄》《唐》等。

陈先发

我梦见白雪在燃烧

陈先发，1967年生于安徽省桐城县，1989年毕业于复旦大学，现居合肥。著有诗集《春天的死亡之书》等。

我梦见白雪在燃烧

我梦见鸟群，嘴含古老的梅花

在空气中痛心疾首

直至村庄消逝。直至逃荒的人们

像一片羽毛飘浮

颤抖的手沾满了泥土

我梦见十月二日疯狂的花

使大地如火如荼

我梦见妹妹在静静长大

青青乳房在三月阳光里飘飘荡荡

我梦见草在哭泣。她不能挽救

另一时间里雪的焚烧

就像我不能挽救自己的软弱

当我老了

当我不敢凝视青草

白雪白雪，你要自己燃烧

张执浩

糖　纸

我见过糖纸后面的小女孩
有一双甜蜜的大眼睛
我注意到这两颗糖：真诚和纯洁

我为那些坐在阳光里吃糖的
孩子而欣慰，她们的甜蜜
是全人类的甜蜜
是对一切劳动的总结
肯定，和赞美

镶嵌在生命中，像
星星深陷于我们崇拜的浩空
像岁月流尽我们的汗水，只留下
生活的原汁

我注意到糖纸后面的小女孩
在梦中长大成人
在甜蜜波及到的梦中
认识喜悦
认清甘蔗林里的亲人
认定糖纸上蜜蜂憩落的花蕊，就是
我们的故居

我在糖纸上写下你的名字：小女孩
并幻想一首终极的诗歌
替我生养全人类最美丽的女婴

张执浩，1965年出生于湖北荆门，现为武汉市文联专业作家。著有小说集和随笔集多种。诗歌曾入选多种选集。

臧 棣

未名湖

虚拟的热情无法阻止它的封冻。
在冬天，它是北京的一座滑冰场，
一种不设防的公共场所，
向爱情的学院派习作敞开。

他们成双的躯体光滑，但仍然
比不上它。它是他们进入
生活前的最后一个幻想的句号，
有纯洁到无悔的气质。

它的四周有一些严肃的垂柳：
有的已绿茵密布，有的还不如
一年读过的书所累积的高度。
它是一面镜子，却不能被

臧棣，1964年出生于北京。1997年在北京大学获文学博士学位，现任教于北京大学中文系。著有诗集《燕园纪事》《风吹草动》《新鲜的荆棘》等。

挂在房间里。它是一种仪式中
盛满的器皿所溢出的汁液；据晚报
报道：对信仰的胃病有特殊的疗效。
它禁止游泳；尽管在附近

书籍被比喻成海洋。毋庸讳言
它是一片狭窄的水域，并因此缩短了
彼岸和此岸的距离。从远方传来的
声响，听上去像湖对岸的低年级女生

用她的大舌头朗诵不朽的雪莱。
它是我们时代的变形记的扉页插图：
犹如正视某些问题的一只独眼，
另一只为穷尽繁琐的知识已经失明。

桑 克

保持那颗敏感而沉郁的心灵

保持那颗敏感而沉郁的心灵
在容易使人变得苍白的节日降临的时辰
你所聆听的喜悦跟谎言早在多年以前就已结成芳邻
我们自然也不是那些给一两块鲜艳糖果
就能改变信仰的幼儿
那株北方墨绿的柏树
正是我们这些苍白的生命效仿的榜样
在我们暮年大雪纷飞的时日我们阅读古老的诗句
我们的心灵该是怎样的枝繁叶茂

桑克，1967年出生于黑龙江省密山市，1989年毕业于北京师范大学中文系，现居哈尔滨。著有诗集《桑克诗选》等。

徐 江

世　界

你问我　世界是什么
我说　是小时候
是雨
是哭泣
是你吻过后的一脸茫然

谁都有过靠近花丛的梦境
谁都曾一脸幸福地傻笑
走在街上
你忘了　我也忘了
救火车擦肩而过
歹徒们就坐在对面的"麦当劳"
对扳机做最后的检查

每一天　我们糟蹋着爱
埋葬友情
每一天　我们碾压青春
我们买着那些书报
在人间最微小的一隅
狂妄地谈事情的终止与发生

你问我　世界是什么
是不是被做成了面条的麦子

徐江，1967年生于天津，1989年毕业于北京师范大学。现居天津，从事专栏写作、媒体策划及编辑工作。著有诗集《杂事与花火》《我斜视》《哀歌·金别针》等。

是不是被垒成监狱的砖
是不是化为母乳的两尾鱼
是不是　已变作相片的父母双亲

我瑟瑟抖着
楼影悄悄地
盖住了四分之三的草地
我记起这些年已很少再见到
夜晚的长庚星
我瞎了
你也瞎了
而世界是盏不朽的明灯

起伦

雨意

三十岁以后你开始留意午后的天空
比如今天，一小片睡眠的云朵滑过
就把你的目光，带向苍茫
天空有一条河，在意识深处流淌多年
这是你挖掘多年的感动，和内心的源泉
而近处，这个城市的某些建筑又在重修
机器的轰鸣、风钻敲击水泥块的声音
撞疼耳膜，无法逃避
你一直不太乖巧、甚至愚昧不化
年龄越大，不明白的事儿越多——
就说身边这些事吧，为什么有些东西
可以反反复复重来。而某些东西如此易碎
比如我们的爱情，比如我们的生命
为什么，一个城市干旱久了
总可以等到一场酣畅的大雨
而一个人干渴得久了，却害怕雨的到来？
为什么小时候，时间慢如笨拙的老牛
而人过中年，你还在想着一个为什么时
风儿早带上答案忽闪而逝。就像刚才晴空万里
只你一个恍惚，就瞥见
太阳，像舞台上迟暮的美人
绽放一个过早衰朽的笑脸，便匆匆谢幕
接下来乌云密布，乌云与你的眉毛等高
雨意渐浓……

起伦，姓刘，1964年2月生，湖南祁东人，解放军某部大校。发表诗作300余首，曾获《诗刊》《解放军文艺》《创世纪》等刊诗歌奖。

蓝蓝

立秋

午后。四周变暗。
仿佛剧院里沉沉大幕前的灯光。
墙角溜来突然的一阵风
把行人吹进秋天的街头。

云彩拖着阴影
掠过推铁环少年的头顶。

再见，空荡荡的田野
　　　耕完地的赶牛人。

永别了！青春——
灌木丛还在继续着你燃烧的眼神。
从你唇边流淌出蜜一样的歌声
在混浊的河水中渐渐平静。

秋天那灰蒙蒙的远方仿佛
寺庙的屋顶
在低垂的柳树间我瞥见
一个颤抖在往事中的幽灵。

蓝蓝，女，原名胡兰兰，1967年出生于烟台，现供职于河南文学院。著有诗集《含笑终生》《情歌》《内心生活》《睡梦、睡梦》等。

田 禾

红 枣

刚成熟的那枚红枣
像一团火焰
在秋天的枝头
燃烧

拿着粗粗的棍儿
打枣
枣儿像雨点一样落下
落在我的身边
落在我宁静的
日子里，这么红
也这么甜

有一只温柔的小手
指给我偌大的一枚
红枣。使我感觉到
秋天最丰腴的红润
就在这一枚红枣上
让我甜啊，枣树的叶子
遮不住她那双
红得迷人的脸蛋

这是一枚熟透的红枣
是我永远揣在心里的
泪滴。一辈子
让我甜，也让我苦涩

田禾，原名吴灯旺，1964年出生于湖北大冶。1982年开始诗歌创作，著有诗集《大风口》《喊故乡》《野葵花》等多部。现为湖北省作家协会专业作家。

宋晓贤

一　生

排着队出生，我行二，不被重视
排队上学堂，我六岁，不受欢迎
排队买米饭，看见打人
排队上完厕所，然后
按次序就寝，唉
学生时代我就经历了多少事情

那一年我病重，医院不让进
我睡在走廊里
常常被噩梦惊醒
泪水排着队走过黑夜

后来恋爱了，恋人们
在江边站成一溜儿
排队等住房、排队领结婚证

宋晓贤，1966年生，湖北天门人。1989年毕业于北京师范大学。著有诗集《梦见歌声》《马兰开花二十一》等。

在墙角久久地等啊等
日子排着队溜过去
就像你穿旧的一条条小花衣裙
我的一生啊，我这样
迷失在队伍的烟尘里

还有所有的侮辱
排着队去受骗
被歹徒排队强奸
还没等明白过来
头发排着队白了
皱纹像波浪追赶着，喃喃着
有一天，所有的欢乐与悲伤
排着队去远方

李 伟

牛仔上衣

我凝视着对面的那把椅子
黄昏的阳光静静地照在上面
粗糙的椅背上　搭着一件破旧的
牛仔上衣　我曾经穿过它
走过了很多地方　现在
它沉默地伏在椅背上　袖子低垂
让我也感到一种深深的疲惫
我抽着烟　在烟雾中想起
在路上遇到的那些姑娘
想起曾经感动过自己的感情
现在也像这件破旧的牛仔上衣一样
蓝色磨尽　裸露着岁月的毛边

李伟，1964年生于沈阳，先后毕业于沈阳鲁迅美术学院和天津美术学院，现任教于天津师大分院。著有诗集《牛仔上衣》。

姜念光

对　酒

面前的事物如此清澈，丰盈
你是否感到自己的浊重与缺少
那里，多少记忆被秘密隐藏
多少酿制者的面容在其中闪烁

而你仅仅能说出少数的几位
有人种地收谷，有人读书写作
有人在古代一边醉吟一边仙逝
有人在长街尽头挥手道别
他们一律进入大地的土瓮
一律，被掩进炉光起伏的古国之夜

若不说他们是永恒不朽的
但至少你已面对着醇郁和完满
如果你举起了自己掬出的一杯
就是捉住了时光花冠上不熄的蝴蝶
如果，你敢于一倾而尽
让自己的喉咙试一试匕首，试一试火

那么，你也可以高唱烈马与秋天之歌
并且对胆怯的人说道
你的一生也应该这样
这样从世界的咽喉间，经过

姜念光，1965年代生于山东金乡，先后毕业于某军校军事专业、北京大学艺术学专业。20世纪80年代末开始创作，诗作入选多个选本。现为解放军出版社科技编辑部主任。

树 才

虚无也结束不了

虚无也结束不了……
到时候，这世界还会有
高过人类头顶的风，还会有
比爱情更晚熄灭的火，还会有
比自由还要自由的……"没有"

虚无是一只壳
更是壳里的空空
崭新的苔藓又绿成一片
那些唱出的歌已经入云
那些做诗的人正拿起筷子

虚无也结束不了……
那戳破窗纸的人只瞥了一眼，
后半生已经变了
活不下去？还得活下去
虚——无，这中间有一条缝

虚无能结束那当然好……
你也就没机会再写什么
高矮胖瘦，都过去了
我们都会过去的！拐弯处
虚无翻了翻我的衬衣角

树才，原名陈树才，1965年出生于浙江奉化，1987年毕业于北京外国语学院法语系。曾任外交官，现任职于中国社会科学院外国文学研究所。出版诗集《单独者》《树才短诗选》及译著数种。

陈朝华

感 伤

陈朝华，1969年生于广东潮汕平原，1992年毕业于华东政法大学，现任职于南方报业集团。著有诗集《自白与眺望》。

感伤隐藏了极端自我的激情
就像闪电无法照亮所有的夜晚
假如灯火也已经消亡
什么是黑暗的印证

泪水？泪水已不能传达孤独的意境
一个人要脱俗就像要目睹　死亡
更深的形式。　而呐喊甚至叫嚣
就能减轻命运的神秘吗？

我只能感到一种
不能名状的痛

不可阻止的青春正远远逝去
一代人只剩下一个背影和几本书
谁的眼睛能穿透他们未尽的梦

我却是他们梦中的落花啊
在夜晚　　我埋葬了自己的掌声
脸上有两道重复的泪痕
却不知道为什么而哭

我只是感伤　为词语的单薄
我只是感伤　为生命的相似
我只是感伤　为诗歌的易碎
啊！一个脆弱的赝品
有人却称之为大师

我要在大师的思想里厮守多久
才能变成一个彻底的白痴
我要经历多少磨难和诅咒
才能把肉体完整的还给灵魂

西 渡

在黑暗中（致臧棣）

在黑暗中他看起来像一堆
庞然大物，像镇纸一样
把黑暗压在身下。或者说黑暗
像枕头一样垫在他的脑袋下

他仰身躺着。像拿着一根针
把什么东西从黑暗中串起来。他一扽
便有一根线被一下拉直
然后像吐丝一样从里面引出

更多的线。他像一个穿针引线的高手
在黑暗中缝缀一件无缝的天衣
然后他突然跃起，像被黑暗
从床上弹起来：他转身走到阳台上

从那里俯视着黑暗。他伸出手
像是从他的体内捧出什么
已经成熟的事物：一下子房内一片光明
他说："我终于给世界贡献出一件东西"

西渡，原名陈国平，1967年生于浙江浦江，1985年考入北京大学中文系，毕业后任职于北京某出版社。著有诗集《雪景中的柏拉图》等。

杨 键

囚 笼

杨键，1967年生于安徽桃冲铁矿，现居马鞍山。20世纪80年代后期开始诗歌写作。著有诗集《分别的，镜子的》《暮晚》《古桥头》等。

人间囚笼的第二十八个春秋到了
草木投下清丽的影子
大地突然打开了；群山，建筑，天空。
呈现在我们窗口的是塔松的理性，
还是古代向往无限的高塔？
我们的无常需要不死的背景，
我们的怯懦需要父辈的勇敢，
然而时光糟蹋的不过是肉体，
我与古代圣者之间延续得
那么默契的心灵——这一点，轻易地否定了时间，
它应和于林梢经久的明月，
孔雀，鹦鹉，伽陵频伽，应和于
黄金为地的极乐世界，反映了我
延伸寂寞的庭院，一支笔
多么渴望像朝霞布满缓慢的光明，
但是岁月陡然掠过，剩下无穷的水面，
愈结愈深的囚笼，然而正是这些
让我渴望落日的圆满，
让时间把我忘掉，让极乐成为囚笼的现实。

冷 霜

1996年的一张快照

它远远没有结束：像一位浓妆艳抹的
女房东，仅存的可能是你一时没能
认出她来，而她随时都能出现。

因此你必须从各种不可思议的面貌中
牢牢记住她，并学会在偶然相遇时
用适度的真诚说："感谢你给我

带来的这些美好的日子。"啊，多么仓促，
多么滑稽，记忆多么失败，台灯
多么晚熟。多少夜，你久久地坐着，

像鱼躺在干枯的河床里，全部的印象
都不超过它的挣扎所能缩小的范围；
全无反应也是难的：它随时都能出现

就如午睡之后，一只甲虫同时醒来，
躺在你旁边，跟你谈交往理性，
或者一场炼狱，发生在小括号中……

冷霜，1973年生于新疆，1990年考入北京大学中文系，曾任报社编辑、记者，现任教于中央民族大学。大学期间开始写诗，曾与友人共同创办民间诗歌刊物《偏移》。

赵红尘

酒神志

饮尽天下美酒
我在精神上仍然是清醒的
大海再大也不够，需要日出
需要九十九架不朽的风琴在海上伴奏
需要四个微醉的蓝色少女从四个方向
踏浪前来敬酒。她们统一叫"海伦"
是我公元前的妻子
由于雄辩的声音得到上天的回应
海水逐渐驯服

我正在酝酿一坛烈于"悲愁"的酒
加入缺碘的盐，它的品质依然纯正
把坛子打碎，它依然是一个整体
它形神兼备，色香味俱全
未醉之前，酒神不会降临
波浪不会兴起
我不会写诗
没有酒味的诗不是好诗
没有诗意的酒不是好酒
醉眼看世界：一个人，另一个人
真实的世界原来由两个人组成
一个叫男人，一个叫女人
一个叫好人，一个叫坏人

赵红尘，1969生于广东茂名，著有《酒神醉了》《未来的情人》等诗集。

一个叫诗，一个叫酒

在海上写诗多么过瘾

在海上饮酒多么痛快

星星从酒杯溢出，多么富有诗意

一杯未饮，海水先醉了

它高叫狄奥尼索斯的名字从记忆深处涌起

我从未见如此壮丽的景色

在海上，四个蓝色少女围绕一个赤裸的诗人跳舞

有人从天上跳下来，不顾一切

为了听一次他深情的声音然后去死

仿佛一次就是一生，一生就是永恒

那样的风景千载难逢，却让我有幸看见

谁妒嫉得像一块醉石

沉入海底默默流泪

我不会醉倒在海底的花间

采集种子和鱼群去赴一个前生的约会

从海底一路播种上来，吐出内心的珍珠

眯起的双眼有疾病和天使合唱的形象

啊心灵，别太高傲

别错过日出之后再错过酒杯

紧贴酒神坐下，我在最低的波浪上开怀痛饮

我在最高的波浪上开始对酒神的倾诉

韩 博

公共汽车·两姐妹

韩博，1973年生于牡丹江。1991年至1999年就读于复旦大学，获文学硕士学位。1998年获刘丽安诗歌奖。主编诗刊《语声》。著有诗集《献给屠夫女儿的晚餐和一本黑皮书》（合集）、《十年的变速器》《未成年人禁止入内》等。

年长的一个，锯下
他的双腿。年幼的那个
把他装进麻袋
堆上阳台。看上去
他只是积雪中的一袋杂物

圆脸的一个，叉开双腿
像鸟儿张开翅膀。长脸的那个
栖落在座位上，左腿
压住右腿。她们的裙子冬夏两用
短得好似春光

年长的一个，捏着杯子
品味断腿中的收获
虽然不多，总算
能把酒杯斟满
还可以切上几片香肠和咸肉

圆脸的一个，打量着邻座
他可能是位谢顶的上帝，在后半夜
降临。他说，要有光，她就有了
假发、皮靴、手袋、香水、内衣
和尽情聊天的移动电话

年幼的那个，也学着
把自己斟满，好像一截雨水淋透的松木
躺在菊花衰败的锯木厂
她爱上了满口粗话的劳动模范
下班之前，他把奖金塞进袜子

长脸的那个，今天很累
车厢里没有她的上帝
她想休息，去买本杂志
再给妈妈打个电话，就说
一位副教授向我求婚，我很犹豫

年长的一个，只想多飞一会儿
蒸馏酒的翅膀
刚刚张开　年幼的那个
还想插上红酒的羽毛，逗留在
客人拥挤的低矮天空

圆脸的一个，是位贫困的
天使，出差人间的隆冬
也要赤裸双腿。长脸的那个
还要献出肚脐，为了观察和微笑
为了陈列福音的样品

年长的一个，听到车轮
在窗外，碾过新雪
就像……二十年前，那个
只想打一个电话的夜晚
只想，不让肚脐着凉的夜晚

长脸的那个，似乎看到
北风挟着钢锯，为车窗
撒下一抹暗白的锯屑
公路起伏，生意清淡
晚景……不过就在杯中

年幼的那个，当然相信
上帝，以及貌似上帝，或与上帝
年纪相仿的夜半乘客
藏在袜底的奖金，逃不过

战胜了爱情的明眸
圆脸的一个，跨过杂物
的时候，差点摔倒，突然的刹车
接着是打滑，翻车，滚下公路
她坚持站着，想象着
一只鸟儿，怎样乔装成锯屑

第六辑

2000年代

（2000.1—2009.10）

一个名叫虚无的青年从此离我而去
我的额头闪耀着人间烟火的光环
——阿斐《青年虚无者之歌》

赵思运

生活的十个关键词

窗帘。暗色的　厚厚的　深深地垂在地上
书页。塞满了沙砾
写作。一个美丽的陷阱　缓释伤痛又使之加剧
春鸟。惊心动魄的叫声　难以抗拒
内伤。远离任何语言
灵魂。一只千疮百孔的布袋　谁有勇气翻过来一一清点
神秘。在劫难逃的诱惑
民主。永远像初恋一样令人激动刻骨铭心。一次便使人身心疲惫
落叶。有人看见一片苍老的叶子从四层楼上飘下来　带走了所有的秘密

赵思运，1967年出生，山东郓城人。2005年于华东师范大学获文学博士学位，现任职于东南大学。著有诗集《我的墓志铭》等。

姜 涛

大学时代，五官周正的一天

"将含在嘴里的凉水吐出
看有没有金鱼随之跳起"
我们在湖上打赌
腮帮起伏如反对的鱼肚

多数人主张小船不要摇晃
可以等待湖水自动干枯
像拔掉了塞子的浴缸，但两个女生
坚持要下水，地道的脚蹼

和胸乳产自湖广。话音未落
她们的身体就长出
长长的堤岸和浅浅的桥洞
将我们包围其中

（要想解围，似乎只能依靠
内心中更为古怪的力量）

姜涛，1970年生，曾获刘丽安诗歌奖，全国优秀博士论文奖等，现任教于北京大学中文系，出版有诗集《鸟经》、研究专著《新诗集与中国新诗的发生》等。

但多数人主张先趴下，等待
细雨或前途的搭救。最终
还是鱼不耐烦了
主动跳上船，神气活现地死去

春游好歹在黄昏结束，一阵阴风
将皇家园林举荐给他人
在晚霞的鼓动下，多数人
主张喝酒

大学时代，总是这样，尽兴归来：
呼啸、洗澡，暗中
思忖末日，又在走廊里
一个个神秘得没有了下文

孙 磊

风吹我

风吹我，像吹一件破衣服。
风呵，用滴水的轻吹我，
用沙漏的慢、
绛紫的青春、青春的远。
吹动我，一根爱着的草，
疯长的绿。风吹我，
用一个夜晚吹向昨天，
用思想、煤、萝卜吹向
庸倦的时光。我绊倒在那里，
风的门槛，悲伤的树，
或者足够用来沉默的电机。
那些火热的过去，让我倒向它的
　沉默！
风吹我，吹碎银子的风，
今天吹碎我的孤单。

孙磊，1971年生，山东人。山东省艺术学院美术系教师。中央美术学院实验艺术工作室硕士研究生。1989年开始发表诗歌作品，曾参与编辑《久唱》《诗歌》《诗镜》等民刊。出版诗集《演奏》、画册《品质》等。

王　艾

三十而立

人到了这个年纪，仿佛火柴梗
燃到了一半，
在熄灭还是继续燃烧的犹豫瞬间，
他感到无限的困倦爬上全身。

可以想象，这可能是群鸟延缓速度，
或是溪水让群山终止在
悲伤额头正前方造成的结果。

他躺了下来，在泡沫的经济家园
他吐出了一句话：
"羞耻啊！"

人到了这个年纪，不再适合在想象的
悬崖上彷徨徘徊，
尽管从山巅望去，他的影子
正跑回那条从三十岁以前过来的道路上。

王艾，1971年11月生于浙江黄岩。少年时代学习美术，20世纪90年代初期在深圳做动画等工作。现居北京，职业画家。1995年获刘丽安诗歌奖。著有诗集《轻柔的言语》《梦的概括》，长诗《海洛因时代》《狂欢节》等。

世中人

美丽人生

我把每一个日子拆开
按照骨头的结构
依着时光的顺序
重新排列

我在为死亡准备舞台
我在为自己铭刻墓碑

我用往事装饰旷野
用爱情点一盏微弱的灯火
有夜行人匆匆走过
在他手指的方向
一盏灯火温暖着一小片旷野
他惊喜地说：
看啊！美丽人生

世中人，1972年生于北京。1993年创办《天地人》诗刊，2002年创办《汉诗发展资料》。同年策划整理「网络诗刊·丛书」。现居北京。出版有诗集《吹自江滨的风》（合著）。

杨 邪

交 流

杨邪，1972年生，自由写作者。1997年获马来西亚《星洲日报》和香港·加拿大《明报》集团第四届花踪文学奖「世界华文小说奖」。2000年获台湾第23届「时报文学奖·新诗奖」首奖。现居浙江温岭。

在酒吧，我们隔着一张桌子

你说："作为一个真诚的诗人……"
我低下头，去注意一颗半生不熟的草莓

在酒吧，我们隔着一张桌子

你说："我面对博大的汉语言……"
我伸出三个无声的手指，悄然捡起那颗草莓

在酒吧，我们隔着一张桌子

你的小平头很平整，可是丰肥的下巴太油光可鉴
我嚼了一下嘴里的草莓尝到了一股腐烂的异味

在酒吧，我们隔着一张桌子

我忽然想起刚刚读到你的一首诗："在七月，冰凉的火焰
在海洋上燃烧，我目睹了一场无法审改的闪电……"

在酒吧，我们隔着一张桌子

我默默俯身，对着面前的桌子吐出嘴里的草莓
审视着那一撮嚼烂了的东西，我感觉到了某种无可原谅的愚蠢

宋烈毅

独　语

我刚刚同一个人激烈地争吵过
我累了，生活可能就是这么回事
我不可能奢望公园里的草坪
修剪得过于平整
那些在母亲的带领下，在月季花丛中
快活得大声叫喊的孩子
我渴望他们的那种天真

我一路走着，一路踢着那颗
只属于我自己的石子
我看见一只游船所造成的湖面的
那种胆怯与平静
微波不止一次地泛溢
我看见由于少女的冲动所导致的
一次有惊无险的翻船

夕阳逼迫着湖水，晚年逼迫着老人
这一切我都无法阻止
我三十岁了，我逼迫着接近湖心

宋烈毅，1973年生。作品散见于《诗刊》《诗选刊》《诗歌月刊》《星星》等刊物。曾获得清韵书院网站第二届网络新文学优秀诗歌奖、第三十届香港青年文学奖新诗高级组冠军。现居安徽安庆。

朱庆和

十九岁

那年我哥进了工厂

他觉得三班倒

还是一件很新鲜的事情

他夹着父亲那辆金鹿

兴奋地拐进家

吃饭前他总要练几下哑铃

当母亲问起厂里的情况

他就说那些姑娘

他一个都看不上

然后就躲到自己的房间里

死活不出来

一到夏天

他的嘴巴开始叼起一片树叶

发出口哨的声音

谁也不会觉得

那有什么

就像小鸟衔着一只虫子

真的是很平常

他一向就喜欢那样

朱庆和，1973年生于山东，1997年毕业于东南大学，现居南京。有诗歌、小说若干发表于《芙蓉》等刊物。

胡续东

海魂衫

一九九一年，她穿着我梦见过的大海
从我身边走过。她细溜溜的胳膊
汹涌地挥舞着美，搅得一路上都是
她十七岁的海水。我斗胆目睹了
她走进高三六班的全过程
顶住巨浪冲刷、例行水文观察
我在冲天而去的浪尖上看到了
两只小小的神，它们抖动着
小小的触须，一只对我说"不"
一只对我说"是"。它们说完之后
齐刷刷地白了我一眼，从天上
又落回她布满礁石的肋间。她带着
全部的礁石和海水隐没在高三六班，
而我却一直呆立在教室外
一棵发育不良的乌桕树下，尽失
街霸威严、全无狡童体面，
把一支抽完了的"大重九"
又抽了三乘三遍。在上课铃响之前，
我至少抽出了三倍于海水的
苦和咸，抽出了她没说的话和我
激滟的废话，抽出了那朵
在海中沉睡的我的神秘之花。

胡续东，1974年生，重庆合川人。获得北京大学西语系硕士、当代文学博士学位。现为北京大学西语系副教授。出版有诗集《水边书》《日历之力》等。

黄金明

幻想曲

1. 旅行

火车穿过漆黑的隧道，仿佛是
座椅推醒了旅客。异乡的夜色
笼罩着车厢。我看不清
平原上的事物，火车停了下来
铁轨一直铺到遥远的城镇。

2. 压力

一个纸人只剩下躯壳：当梦想
像剩余的牙膏被挤出。防空洞
灌满了去年的月光
一个纸人在喊疼：制潮的月亮
把所有风暴压入了少女的身体。

3. 不安

工人如砖头，大厦在增高
升降机突然停在半空，行人如蝼蚁
爬上了权力的斜坡。一个木偶在欢呼：
有了复印机，连刻刀也可以扔掉！

黄金明，1974年生，广东化州人，1998年毕业于广东教育学院。现居广州，供职于南方日报报业集团。著有诗集《大路朝天》、长篇散文《少年史》等。

4. 静物

更多的人像螺丝钉
拧紧了机器的部件
更多的人像桌上的花瓶
堵着黑暗的木塞
他的脸像一间地下室。

5. 幼稚园

让孩子们按计划成长
让野花长到指定的尺寸
割草机轰响着驶过青草的队列。

6. 剧院

哭声是录制的，但演员被自己的悲伤
吓了一跳。剧院的圆形穹顶
对应着头上的星空，那么多椅子在抽泣
一个安静的观众，被身躯里的舞者扰乱。

7. 咖啡厅

方糖在咖啡中溶解，杯底的暮色
被记忆的刀叉搅动。窗外的雨
渐渐变小了。两个浑身湿透的人
迈上了弯曲的楼梯。秋天到了
风琴在秋雨中一片呜咽。

8. 快餐馆

地图上的菜地被卷起
餐巾裹着火腿，擦掉了
胃里的阴影。拧开啤酒的瓶盖
变质的爱情像泡沫一样溢出
一次性消费的饭盒被随手扔掉。

9. 交谈

两个雕像在交谈
一个在抱怨：我的舌尖聚集着
一百个聋子。另一个在叹息：
我的耳朵居住着更多的哑巴
秋风一直吹到大地的尽头
广场上的雕像还保持着奔跑的姿势。

10. 绘画

如果这样的风景可以描绘
可以贴在墙上，人群如图钉
钉紧了风景的四角。清晨的浓雾
遮蔽着果园的围墙， 画家丢弃了
那张画，因为他成了画中的人物。

11. 眺望

朋友从北方打来电话：

"候鸟飞回来了，白桦林
也保证了大自然的收支平衡。"
我在办公室举起望远镜——
树苗填补着凹地上的空隙
远处的海面，被大鱼举起。

12. 孤独

最大的寂静像屋檐下的水滴
滑过了柱廊。椅子在昏睡，挂钟
忍耐着时光的倦怠，黑暗之中
有不可计数的事物压抑着噪声
房间的主人，跑到另一个城市
拨响了家里的电话。

刘 春

三十岁：提前的回忆

刘春，笔名西岩，1974年生于桂北农村。相继毕业于四川省轻工业学校和广西师范大学中文系。现居桂林。著有诗集《大地的婴儿》《忧伤的月亮》《运草车穿过城市》等。

他采下一只苹果，接着
采下第二只。
在触到第三只之前，树枝折断
一团黑影从高处重重摔下

一篮苹果四下散开，最远的
一只，已在视线之外
他的哭泣于事无补。岁月的风声
从天尽头萧萧传来

三十年，我已看到过太多的苹果
太多盛满苹果的篮子，太多
怀揣采摘欲望的年轻人
（我也曾是其中的一个啊）
在最快乐的时候最快速地消失

三十年，我还陌生于多少事物
当我站立，我的脚步是否已足够稳当？
今天，我开始渴望
凶猛的扬子鳄，甚至
垂着血红舌头的饿狼。它们
比春天虚幻，但比苹果真实
而梦中采苹果的人、梦中的人
一面镜子等候着他

孟醒石

与青春有关

你说起那些与青春有关的往事时
像一台调频紊乱的收音机
在午夜发出刺啦刺啦的声响
眼睛闪烁微弱的光
仿佛火柴燃烧后的零星余火
不可能再引燃什么
那怕我呼出的全是石油液化气
那怕我的整排肋骨都是军用雷管

孟醒石，1977年生，河北无极人。1996年毕业于石家庄教育学院美术系。2001年开始写作，曾入围诗刊社第六届华文青年诗歌奖。现为石家庄日报社某杂志编辑部主任，闲暇时间研习中国画。

江 非

英雄帖（长诗选一节）

我三十岁了

我的身体三十岁了

我身体里的血液、心脏、肠胃、骨头们

也都三十岁了

我身体里埋着的那些炸药、石块、泪水

也都三十岁了

三十岁了

我喝下的那些水

几乎让我成了一个冻僵的水库

我吃下的那些粮食

几乎让我成了一个霉变的粮仓

我爱过的那些女人

她们挤在我身体的某一个地方

让那儿，几乎成了一座傍晚的刑场

可今天她们都去哪儿

那些眼里含着雨水到处找我的人

那些怀里揣着火柴到处找我的人

那些在大街嚷嚷着

要和我一刀两断的人

今天，他们　都去了哪里

我三十岁了

我的身体三十岁了

我身体里的黑暗、命运、肠胃、骨头们

江非，原名王学涛，1974年生于山东省临沂市，现居海南。著有诗集《独角戏》《纪念册》《一只蚂蚁上路了》等。

也都三十岁了

我身体里埋着的那些炸药、耻辱、泪斑

也都三十岁了

今天，我多想放一点血

流几滴泪

大喊几声

再掏出几个炸药包

让那些到处找我的人

一看见我

就知道我三十岁了

三十岁了

唉，一个三十岁的人

他身体里藏着的那些导火索

早已变成了一碗冷场的面条

沈浩波

坟茔记

沈浩波，1976年生，江苏泰兴人。1999年毕业于北京师范大学中文系。2000年7月和朋友们一同发起创办《下半身》同人诗刊。现居北京。

站在坝子上
这突起的一块
有风吹过
一阵寒凉

头顶是纯蓝的天空
脚下深埋着
累累白骨
万千幽灵

比任何时候
都更能感知
作为一个人
我正站在
天地之间

谁从胸膛中掏出
血红的一团
死死摁在
高山的尖顶
灼烧我灵肉

早有腿软之人

扑通一声
跪倒在菩萨像前
祈求神佛
护佑这渺小的人生

那妇人问道
你为何不跪
我环顾四周
你看这满目青山
不过是我胸中块垒

黄礼孩

窗　下

这里刚下过一场雪
仿佛人间的爱都落在低处

你坐在窗下
窗子被阳光突然撞响
多么干脆的阳光呀
仿佛你一生不可多得的喜悦

光线在你思想中
越来越稀薄　越来越
安静　你像一个孩子
一无所知地被人深深爱着

黄礼孩，1971年生，广东徐闻人。曾在中山大学、北京大学读书。现居广州。出版诗集《我对命运所知甚少》等多部。创办民刊《诗歌与人》，还主编有诗歌选本《70后诗集》（与康城等合编）《中间代诗全集》（与安琪、远村合编）等。

安 琪

像杜拉斯一样生活

安琪，女，原名黄江嫔，1969年出生，福建漳州人。1988年7月漳州师范学院中文系毕业，现居北京。主编有《中间代诗全集》，著有诗集《歌·水上红月》《奔跑的栅栏》《任性》《像杜拉斯一样生活》《个人记忆》《轮回碑》等六种。

可以满脸再皱纹些
牙齿再掉落些
步履再蹒跚些没关系我的杜拉斯
我的亲爱的
亲爱的杜拉斯！

我要像你一样生活

像你一样满脸再皱纹些
牙齿再掉落些
步履再蹒跚些
脑再快些手再快些爱再快些性也再
快些
快些快些再快些快些我的杜拉斯亲爱的杜
拉斯亲爱的亲爱的亲爱的亲爱的亲爱的亲

爱的。呼——哧——我累了亲爱的杜拉斯我不能
像你一样生活。

路 也

有一天我会老

有一天我会老
时光的蛀虫把我变成一段腐木
青春飞逝得杳无踪影，像只花蝴蝶
头发白了，就让它白着
连目光也长满皱纹，就让它长着

仿佛一座荒凉的庭院
锁栓已锈，寂寂的门扉虚掩
草丛漫过无言的石磨
鸟群如音符般欢乐地飞走
蜥蜴爬过冰凉的石阶

最后一丝残阳冻僵在天空
是的，我会老，有那么一天
死亡一语不发，伸出骨瘦如柴的手
抚摸我回光返照的额头
白昼也会变成黑夜，黑暗迢迢
像永远停摆的时钟

整整一个冬天，我将守着火炉
度过我的残生
让那光滑而明亮的形体
一遍遍阅读我的诗和遗言

路也，女，1969年出生，山东济南人。毕业于山东大学中文系，现执教于济南大学。著有诗集《风生来说没有家》·《心是一架风车》等。

我会惊讶地发现，这一生多么像
多么像一支装了子弹的枪
永远在瞄准，在忧伤
却最终没有扣动扳机
让狂欢似的愤怒出膛

千　叶

幸福的时刻

对于老掉牙的青春，
我是了不起的守财奴！

风像一头野兽在哀嗥，
像母亲的股间分娩出细弱的生命；

更像已经消逝的年华卷土重来，
要从厚重的尘雾中睁开眼睛。

弱小的事物凭着将自己撕裂，
获得钢铁的神经，在黑夜奔驰！

哦，幸福的时刻就要来临，
女性浆果般的心发出绽裂的微响。

这样的时刻，总有一股隐秘的风
刮过我摇曳着青春的纸张。

千叶，1969年生于宁波，毕业于浙江农业大学，定居于平湖。著有诗集《千叶诗选》、诗文集《我们都是木头人》等。

周瓒

海

十九岁那年，我和我的朋友
骑自行车，用了两小时
在一个夏天的早晨
赶赴你青春的约会，有初恋
的神秘和记忆。我们赶上
退潮的日子，好像一个谶语
我们往海的方向试探
淌过了几个水汊子，有一次
我不得不面对齐腰的深水
我那时还没学会游泳
不曾领略过
水的智慧，哦，苍白的童年
我记起那些赶海拾鲜的人们
黑红的脸
阳光和海风的精神，还没有
渗透过我。但我认识海鸥
纯净的颜色和轻盈的飞舞

周瓒，女，原名周亚琴，1968年生于江苏南通。1985年考入扬州师范大学中文系，1999年于北京大学获文学博士学位，现任职于中国社会科学院文学所。出版诗集《梦想，或自我观察》。

娜 夜

起风了

起风了　我爱你　芦苇
野茫茫的一片
顺着风

在这遥远的地方　不需要
思想
只需要芦苇
顺着风

野茫茫的一片
像我们的爱　没有内容

娜夜，女，1964年出生，祖籍辽宁兴城，现居甘肃兰州。她于南京大学中文系毕业，20世纪80年代后期开始诗歌写作，出版诗集《回味爱情》《冰唇》《娜夜诗选》等。

李小洛

青春啊青春

就那样上山，下山，
就那样沿着流失的
时光。沿着时光的
顺序，去一个山坡
一个森林。去看一个
笑容可掬，冬天的
花园。

李小洛，女，1973年生于陕西安康。曾获第四届华文青年诗人奖，新世纪十佳女诗人奖，有数种诗集和诗歌合集出版。

巫 昂

自画像（二）

在西安一个旅馆里
我抱着每晚二百三十元的枕头
放声痛哭
我明白，唯有这样的晚上
我是昂贵的，也是幼稚的
我是肥大的，也是易碎的

巫昂，女，原名陈宇红，1974年出生，福建漳浦县人。先后毕业于复旦大学和中国社会科学院研究生院，文学硕士。著有诗集《什么把我弄醒》等。

尹丽川

阿　美

我们一起抽剩的烟头
可以搭出一间小小的房子
里面是时间的灰
你依然生长着北方的骨骼
和南方的神经
那么多年过去你还是不能回头
拎一只沉甸甸的水桶
光脚在旷野里走
阿美，唯有你的现在
才能比喻你的童年

我们必须学会在泪水里兑一点烈酒
而不是在酒里掺杂眼泪

尹丽川，女，1973年生于重庆，现居北京。毕业于北京大学西方语言文学系及法国ESEC电影学校。出版有小说、诗歌合集《再舒服一些》。

卢卫平

在水果街碰见一群苹果

卢卫平，1965出生，湖北红安人。现居珠海。已出版诗集《异乡的老鼠》《向下生长的枝条》等。

它们肯定不是一棵树上的

但它们都是苹果

这足够使它们团结

身子挨着身子　相互取暖　相互芬芳

它们不像榴莲　自己臭不可闻

还长出一身恶刺　防着别人

我老远就看见它们在微笑

等我走近　它们的脸都红了

是乡下少女那种低头的红

不像水蜜桃　红得轻佻

不像草莓　红得有一股子腥气

它们是最干净最健康的水果

它们是善良的水果

它们当中最优秀的总是站在最显眼的地方

接受城市的挑选

它们是苹果中的幸运者　骄傲者

有多少苹果　一生不曾进城

快过年了　我从它们中挑几个最想家的

带回老家　让它们去看看

大雪纷飞中白发苍苍的爹娘

魔头贝贝

蒹葭（选章）

1

那些没有的东西塑造了你
那些无望的东西。
事物被时间锯成"事"和"物"
那些难以分开的东西。
在白纸写下黑字
活着像罪证，死亡如橡皮
那些不能涂改的病句。
我喜欢你。我不喜欢说
我爱你。那些刻骨铭心的东西

魔头贝贝，原名钱大全，1973年生河南南阳，有多部作品入选各大诗歌刊物与选本。

9

目光从天空移向大地。
目光拐了个弯儿，向后
向深处的冰凌，那永不溶化的你。
时间使目光聚焦到极点
你在其中，所有的词语都指向你。
我这么写有点儿知识分子。我决定
换一种口气。
但发生的已经发生，无可挽回。
我决定一辈子都不见你即使你
就住我隔壁。
美好只存在于怀念中。
美好只存在于
当看着脑袋里十八岁的你。

盛 兴

安眠药

我的那些朋友们

将安眠药咖啡般轻轻搅匀

一口一口地小啜

剩在碗底的部分一饮而尽

向我摊一摊手

他们端着杯子的姿势

像一只坚硬的盾牌

在夜晚无懈可击

有时我们在去药店的路上相遇

彼此摇一摇头

就进入各自没有安眠药无法入睡的黑夜

你不能同时买下大量的药

你将遭到猜忌与拒绝无疑

盛兴，1978年出生，山东莱芜人。作品曾入选各种刊物和选本。

而这些年我们所食安眠药的总和
足可以杀死一整个黑夜里的光明
救活一整个白昼里的黑夜也足够

在那些光明里
我们拖着无法成双的鞋子
在卧室跋来跋去
有时也举杯祝愿
彼此的黑夜与白天
杯子干了以后就聊一些与睡眠无关的话题
感受着睡意与清醒间的过渡
寻找着虚度了的岁月

余 丛

追 求

我不要这多余的里程

我要一步到位

甚至连梦的距离也撇开

从早到晚的一秒钟

到达罗马的第一条捷径

我是那拼命的骑手

千里马必将心急如焚

这些涉水而过的理想

这不切实际的飞行

我的欲望步我后尘

像野草一样覆盖

直到燃烧的火速变绿

用毁灭追赶着长跑

用灰烬隐喻终点

我仍然会催我上进

踏遍一条不着边际的前途

余丛，1972年10月29日出生于苏北。1992年分配至医院工作。1996年辞去公职后，客居上海、深圳等地，出版诗集《诗歌练习册》《多疑的早晨》等。

春 树

我只是一个女孩子

我只是一个女孩子

在听音乐和看电影时会哭

喜欢虚荣

还有一切虚幻的感觉

天天都涂香水

轻陷在柔软如天鹅绒的床单上

颤抖

写诗也许是在滥写感觉

咬紧牙关以至出血

我的血出得越多越好

还有什么事能让我兴奋

我的眼睛开始变长

脸色发黄

变得像一个从来不认识我的我

也许这才是真正的我

我想和命运做斗争

那就是我真正的什么也不做

我倒要看看我能变成什么样子

我能不能接受我变成的样子

春树，女，原名林嘉芙，1983年生于北京。著有诗集《激情万丈》、小说《北京娃娃》等。

水晶珠链

羡　慕

我看到一些无边无际的东西
天空、海洋、草场、吃草的牛羊
它们跟爱一点关系也没有
无边无际的天真与好胃口
让它们顾不上心碎

水晶珠链，女，原名陈幻，1981出生，现居北京。诗作曾入选数种选本。著有《偏要是美女》等。

木 桦

豹　子

我幻想着自己如何的尖叫
叫成一个孩子
在一个没有人的地方
四面森林
我围绕着外婆的大屋子
跑动和翻跃
我喜欢那样的感觉
自己站在电池上面
大声喊叫
然后顺着声音的方向
长满豹子的花斑

木桦，原名孟杰，1980年生于辽宁铁岭，毕业于沈阳师范大学，现居北京。

唐不遇

三　月

我再次以草地的角度
仰望天空。我无须枯萎
已从空中飘落。
草尖滴着血，滋养着太阳。

一片新的叶子痛苦地说：
我想趴在地上亲吻她们。
我想变成马、牛、羊
啃啮她们。

在人类这棵大树上
我不再属于自然。
身体暖烘烘的，那奔涌的血
不同于我认识的另一种血，

我必须在这里
度过青春和安静的晚年——
这血不能使太阳生长，不能让我
和我爱人翻滚在草地上。

唐不遇，原名张元章，1980年出生，广东揭西人，现居珠海。2002年毕业于中央民族大学，2005年出版第一本诗集《魔鬼的美德》。

嘎代才让

短　歌

阳光是自由的
它照见了草原羊群
不能说出名字的姑娘
格桑花开了
我听见
我身体内部
有阳光走动的声音

嘎代才让，藏族，现居甘南。1981年出生于青海，中小学时代在甘南州夏河拉卜楞度过，2003年毕业于甘肃合作民族师专藏语言文学系。诗作曾在多种刊物发表。

熊　焱

带上我

奔跑的火车，请带上我
去远方，去环行世界
请带上我的声音，在异乡
我用它来怀念我的童年、姓氏和母语
并为他人祝福，为自己祈愿
夜晚深了，请带上我的双手
给那些赶路的夜行人敲钟
给他们点上一盏小小的灯火
如果我累了，那我就躺下来
奔跑的火车，这时候请带上我的耳朵
让我倾听恋人间的心跳、亲人间的低语
母性分娩的呻吟，和一只虫子卑微的歌唱
如果进入了异国的疆土，奔跑的火车
请带上我火热的心脏
那是我一生的祖国和故乡

熊焱，又名熊盛荣，1980年出生，贵州瓮安人，现居成都。获第六届华文青年诗人奖。

阿 斐

青年虚无者之歌

他出生在荒漠中最苍茫的国度

他的名字叫青年，或者虚无

他的模样像你，也像我

他的脾气像2004年的南粤气候

他没有钱，没有老婆

但有一个流向梦海的婴儿

他让我幻化成他的样子

为他来一首绝唱

他在我降临他的身体之前已经灭亡

现在，我身体健康，能量充足

要为他的离去做一次最后的祭奠

我没有轰轰烈烈的伟绩

我出生的时候舌苔已经锈蚀

我哑口无言地走进这个世界

在这个巨大铁笼的一角圆睁恐惧的双眼

我分明看到一些人像野兽却披上人皮

我分明看到大多数人像野兽一样曝尸荒野

角色替换如车轮疯转

我在成为我之前就已失去了自我

我的母亲白发苍苍如同无法生还的枯木

我的父亲背井离乡早已不知去向

阿斐，原名李辉斐，1980年生于江西都昌，现居广州。诗作散见于《中国新诗年鉴》等选本。

他们叫我流浪汉，我称他们为白痴
我在白痴群中学会了第一声巨吼
像一个真正的白痴那样吃到了第一口圣餐
然后走向群山河流、高原村庄
我渴望像一名勇士那样迅速走向辉煌的死亡
而手里握住的只是一根拐杖
枪支弹药属于对付我的人间暴徒

那一年我从落魄者的眼神中发现了酒
我懂得了悲伤是酒中浸泡的尸首
那一年我从落魄者暴毙的阴沟里发现了另一个世界
我懂得了人世只是野兽们狂欢的自恋产物
那一年我在乱葬岗上发现了朋友
我懂得了生命还可以用另一种形态延续
那一年我从生离死别中发现了孤独
我懂得了这将是我最终的归宿

真想有一个家
在透出万家灯火的窗口伸出自己的头
我仰首是天，俯首是云
在缥缈世间构筑自己的梦
我拉来一个女人名叫妖艳
她做我的情人直到我筋疲力尽
我拉来另一个女人名叫朴素
她做我的新娘每日每夜
我的儿子叫樵夫女儿叫嫁衣
酒鬼是一位常来我家酩酊大醉的朋友
我的后山种有土豆和番薯

我的前院有一棵常年不衰的摇钱树
所以我的地窖丰盈，盛满了全世界最富足的泪水
我的工作是上天入地
我的同事们是阳光里的尘埃
我的领导目光像飓风，口水像骤雨
我的坐骑是时光快车
沿路的风景赐给我一天的好心情
我把它们写进诗句令它们永垂不朽
我一年的收获是离死亡更近一步
我的年终奖金是一大块体内肿瘤
我的答谢词是：感谢魔鬼

真想有一个发放幸福的主
他可以叫上帝，也可以叫撒旦
还可以是千年以前漂泊不定的孔子
或者是背弃王宫绿阴树下顿悟的佛
我把自己的肉体看作无
把脑袋里的思绪看作有
把疯狂看作病态
把沉默看作永福
我每天为每一个生灵祈祷
让他们进入主的世界
我每天为每一个死者祈祷
让他们进入主的梦乡

我一生的理想就是供奉主的虔诚
在一千次一万次的自责中完成肉的升华和魂的安详
我把吃饭叫养生，把爱情叫梦魇

把走路叫朝拜，把日子叫航船

我把眼睛定义成指南针

把视线所及唤作远方

那是主在寻欢作乐的远方

那是我在垂死挣扎的远方

那是虚伪的远方

那是被我没来由诅咒的远方

一切的一切对我而言都是远方

我是我的远方

我在远方的尽头叹一口气

海水就淹没了我的梦想

淹没了全部的稻田和冰山

我想这一刻终于来了，他就来了

他微笑着向我点点头，倏然而逝

一个名叫虚无的青年从此离我而去

我的额头闪耀着人间烟火的光环

郑小琼

黄麻岭

我把自己的肉体与灵魂安顿在这个小镇上
它的荔枝林，它的街道，它的流水线　一个小小的卡座
它的雨水淋湿的思念里头，一趟趟，一次次
我在它的上面安置我的理想，爱情，美梦，青春
我的情人，声音，气味，生命
在异乡，在它的黯淡的街灯下
我奔波，我淋着雨水和汗水，喘着气
——我把生活摆在塑料产品，螺丝，钉子
在一张小小的工卡上……我的生活全部
啊，我把自己交给它，一个小小的村庄
风吹走我的一切
我剩下的苍老，回家

郑小琼，女，1980年生，四川南充人。2001年来东莞打工并写诗，著有诗集诗集《黄麻岭》《郑小琼诗选》等。

心地荒凉

悲伤的抽搐的细菌

当你口渴的时候
我就是你面前的那一杯毒药
当你困倦下来
我就是你突然来临的噩梦
你抓不到我，杀不死我
我就是你身体里无穷无尽的细菌
悲伤的抽搐的细菌
我爱着你却不能给你健康和安慰

心地荒凉，原名侯洪伟，1982年出生，河南项城人。

李成恩

着红袍

李成恩，1982年出生，安徽宿州人，著有诗集《汴河，汴河》，现居北京。

阳光倾泻到我的脚趾，赤裸的脚趾
十个粉头粉脑的婴儿，它们集体找到我
羞涩的脚，诉说各自的喜乐
一个脚趾说：我喜欢清晨你跑步时的放松
一个脚趾说：我喜欢你熟睡时的放松
另一个脚趾说：我喜欢你着红袍时的放松

着红袍赤裸十个婴儿似的粉嫩的脚趾
我的羞涩遇见十个脚趾窃窃私语
这个女子羞涩，这个女子露出了她的脚趾

红袍醒了，脚趾松弛
如入无人之境，一团红雾笼罩了我的清晨

我读书时喜欢着红袍
喝大红袍，读纳兰词
露出十个粉嫩的脚趾

今年冬雪来得有点晚，夜里的寒气
与我赤裸的脚趾隐隐抓住了纳兰词
纳兰词着红袍在我的冬夜
喝大红袍，头微微倾倒
似睡非睡，好有纳兰词的意味

红袍自有出处，阳光浮动

我来到冬日暖阳下，喝大红袍

纳兰性德（1655～1685）白色的袍子

换了红色的袍子，在我的冬日里

一团红袍笼罩下来

什么都有隐痛，什么都像粉嫩的脚趾

蓝冰丫头

何　年

蓝冰丫头，原名罗薇薇。1991年出生。获得《诗选刊》「2008中国年度先锋诗歌奖」。

风又吹来
天上的浮云朵朵成型
朵朵轻叹

风又吹来
群山将开始彩排落叶
大地举起了灯盏

风又吹来
一个异乡人在槐树下唱歌
一个人翻过了山冈

风又吹来
鱼抽出了身体里的长梯子
一根火柴梗交出了瞬间的花朵

风又吹来
我不是源头，我在寻找
我的那片棕树林

风又吹来
有人回头看墙壁上的挂钟
有人在后视镜里与人挥手

风又吹来
今年秋天一十八
明年八十一

风又吹来
风一次又一次地
吹
来

原筱菲，原名郑迪菲。1993年出生，大庆石油高中（美术班）学生。作品散见于多种杂志和选本。

原筱菲

以鸟为邻

如果鸟也可以群居

在同一棵树上

没有墙壁和楼板的阻隔

也不忌讳鼾声和呓语

庇护在同一轮月下

该有多美

我没见过这样的场景

或许鸟也有鸟的隐私

或许鸟也有鸟的隐私

它们用密码交谈

用优美的肢体说话

我每天登上楼梯

登上与鸟相同的高度

望远处的林子

然后钻进没有羽毛的窝巢

进入到没有鸟语的梦里

其实我更愿意以鸟为邻

与星星共枕在

同一屋檐下

即使无眠

（京）新登字083号

图书在版编目（CIP）数据

60年中国青春诗歌经典/杨克选编. —北京：中国青年出版社，
2009.9

ISBN 978-7-5006-8960-7

Ⅰ.6… Ⅱ.杨… Ⅲ.诗歌–作品集–中国–当代 Ⅳ.I227

中国版本图书馆CIP数据核字（2009）第165376号

选　　编：杨　克
责任编辑：曾玉立
装帧设计：瞿中华

出版发行：中国青年出版社
社　　址：北京东四十二条21号
邮政编码：100708
网　　址：www.cyp.com.cn
编 辑 部：(010) 64010309
门 市 部：(010) 84039659
印　　刷：三河市君旺印装厂
经　　销：全国新华书店
开　　本：700×1000　1/16
印　　张：20.5
插　　页：1
字　　数：300千字
版　　次：2009年10月北京第1版
印　　次：2009年10月河北第1次印刷
印　　数：1—6000册
定　　价：32.00元

本图书如有印装质量问题，请凭购书发票与质检部联系调换

联系电话：(010)84047104